김근태, 당신이 옳았습니다

.

이 책은 고 김근태의 이름 앞에 "민주주의자"라는 호칭을 붙여 준 국민의 뜻을 새겨, 고인을 추모하고 기리고자
만들었습니다.

김근태, 당신이 옳았습니다

처음 펴낸 날 | 2012년 12월 24일

지은이 | 강금실 외 27명
엮은이 | 한반도재단

책임편집 | 무하유

펴낸이 | 홍현숙
주간 | 조인숙
편집부장 | 박지웅
편집 | 무하유
펴낸곳 | 도서출판 호미
등록 | 1997년 6월 13일(제1-1454호)
주소 | 서울시 마포구 연남동 239-44번지 1층
편집 | 02-332-5084, 영업 | 02-322-1845, 팩스 | 02-322-1846
전자우편 | homipub@hanmail.net

표지 디자인 | (주)끄레 어소시에이츠
출력 | 문형사
인쇄 | 영프린팅
제본 | 성문제책

ISBN 978-89-97322-07-7 03810
값 | 13,000원

호미) 생명을 섬깁니다. 마음밭을 일굽니다.

김근태
당신이 옳았습니다

강금실 외 지음, 한반도재단 엮음

초미

내 귀여운 아이들아,
너희들하고 놀아 주지도 못하고
애비가 어디 가서 오래 못 와도
슬퍼하거나 마음이 약해져선 안 된다.
외로울 때는 엄마랑 들에도 나가 보고
봄 오는 소리를 들어 봐야지.
바람이 차거들랑 옷깃 잘 여며
감기 들지 않도록 조심도 하고.

—김근태 '항소이유서' (1986. 5. 3) 중에서

김근태의 하늘에 쓰는 편지

나의 짝 김근태, 잘 지내고 있나요.
지금 창밖에선 11월 큰 비가 내리고 있습니다.
바람도 드세서 낙엽이 꽃잎처럼 날립니다.

이젠 11월과 겨울이 불편합니다.
당신이 많이 아팠던 11월이었고, 당신이 우리 곁을 떠난 겨울이었지요.
인재근의 11월이 더 춥고 더 무거워졌습니다.

며칠 전 버마에 다녀왔습니다.
아웅산 수치 여사를 만나고 이런저런 얘기를 했습니다.
조국과 국민에 대한 사랑과 민주주의에 대해 확고한 신념,
온화하면서도 강인한 눈빛, 지적이고 기품 있는 몸가짐이
당신과 참으로 비슷했습니다.

당신과 수치 여사가 만나면 얼마나 좋았을까 생각했습니다.
아마도 금방 두 살 터울의 다정한 오누이같이 되었을 겁니다.
다른 약속을 취소해서라도, 정겨운 미소를 주고받으며
정치, 역사, 문화, 예술 등에 대해 긴 이야기를 나누었을 겁니다.

당신이 남긴 흔적이 매우 큽니다.
당신을 기억하는 많은 분들이 당신을 그리워합니다.
남영동은 영화로 만들어졌고, 당신을 주제로 학술행사도 열립니다.
당신의 이름으로 민주주의연구소, 고문치유센터도 생겼습니다.

그러나 세상 그 무엇보다
당신이 남긴 가장 큰 흔적은 바로 인재근입니다.
당신의 이름으로 국회의원이 되어, 당신의 이름으로 정치를 하고 있습니다.
당신 이름이 부끄럽지 않게,
훗날 하늘나라에서 당당하게 당신을 만날 수 있도록,
당신이 못다 이룬 뜻을 꿋꿋이 이어 가겠습니다.

보고 싶습니다. 이렇게 보고 싶을 줄 몰랐습니다.
늘 당신을 사랑합니다.

2012년 11월

인재근

다시 겨울, 당신이 그립습니다

다시 겨울입니다.

민주주의자 고故 김근태가 홀연히 우리 곁을 떠났던 막막하고 끝날 것 같지 않던 겨울이 가고, 그가 마지막으로 점령하라고 외친 2012년 겨울이 왔습니다. 우리의 겨울은 어떤지 스스로 물으며 「김근태, 당신이 옳았습니다」를 조심스럽게 세상에 내놓습니다.

이 책 「김근태, 당신이 옳았습니다」는 민주주의자 고故 김근태의 2011년 12월 30일에서 2012년 1월 3일까지의 장례 기록에서 시작되었습니다. 단순한 기록을 넘어서 민주주의자 김근태를 떠나보내는 살아남은 자들의 마음을 기록하고자 했습니다.

지난겨울 많은 분이 슬퍼하셨습니다. 김근태에게 미안해하시고, 김근태에게 고마워하시고, 김근태를 기억하겠노라 말씀하셨습니다.

슬픔과 회한과 추억의 사진들과, 그리워하고 다짐했던 마음의 기록들을 여기에 모았습니다. 소중한 글을 책에 싣도록 허락해 주신 모든 분께 감사드립니다.

그 많은 분들 중에서도 특히, 두 분께 깊은 감사를 드려야 할 것 같습니다.

우선, 이 책의 제목이자 디자인이고 주제인 "김근태, 당신이 옳았습니다"를 손 글씨로 써 주신 신영복 선생께 감사드립니다. 신영복 선생의 민주주의자 고故 김근태에 대한 마음이 가득 담겼기에 글씨도 깊고 뜻도 깊디깊었습니다. 신영복 선생이었기에 김근태에 대한 우리의 마음을 가장 짧고 가장 강하게 표현할 수 있었다고 생각합니다.

그리고 '민주주의자 김근태가 걸어온 길'을 써 주신 한겨레신문 성한용 기자께도 감사를 전합니다. 글을 받고 생각해 보니, 김근태가 가장 신뢰했던 성한용 기자가 아니고서는 시작하지도 끝맺지도 못할 일이었습니다. 글 한줄 한줄마다 김근태의 숨결이 살아 있고, 김근태의 목소리가 들리는 것 같습니다. 성한용 기자의 열정으로 김근태의 삶에 대한 기록이 살아남은 자의 슬픔을 넘어 살아남은 우리가 움켜쥐어야할 인생의 화두가 되었습니다.

민주주의자 고故 김근태를 조문하고 애도해 주신 모든 분, 닷새 동안의 장례를 치르는 데 도움을 주시고 애쓰신 모든 분, 책을 만드는 데 도움을 주시고 또 오랫동안 기다려 주신 많은 분께 감사드립니다.

김근태, 당신이 옳았습니다.
김근태, 당신이 그립습니다.

2012년 12월
한반도재단 사무총장 최상명

차례

마지막 당부

유언이 된 마지막 원고

민주주의자 김근태가
2012년 12월 30일에 우리 곁을 떠나기 전,
그 두 달 전 10월에 블로그에 글을 썼다.

"2012년을 점령하라!"

마지막이 될 줄 모르고 쓴 이 마지막 원고는
그의 갑작스런 죽음으로 결과적으로
유언이 되었다.
이 마지막 당부에서 그는
우리가 바라는 세상을 만들어 나가려면,
오직 하나 '참여' 하는 길밖에 없다고 호소한다.

2012년을 점령하라!

김근태
2011년 10월 26일

세계가 격동하고 있다. 튀니지, 이집트, 리비아 등에서 시작된 아랍의 봄, 그리스 구제 금융으로 상징되는 잔혹한 유럽의 여름, 월가를 점령하자는 뉴욕의 가을, 그리고 월가 점령에 대한 다른 도시들의 공감, 급기야 10월 15일 전 세계 곳곳에서 월가 점령 시위 동참….

월가 점령 시위가 확산되자 미국의 언론, 학계, 정치권이 술렁이고 있다. 월가 점령 운동을 두고 보수 쪽에서는 폭도라는 말까지 사용해 가면서 폄하하고, 진보 쪽에서는 자본주의의 종말을 알리고 새로운 세상을 여는 역사의 순간이라고 칭송하고 있다. 그러나 월가 점령에 나선 사람들이 폭도로 보이지도 않거니와, 미국이 주도하는 자본주의가 당장 무너질 것 같지도 않다. 두 진영이 저마다 펼치는 주장이 워낙 강한 데에다 의견이 방대하게 쏟아져 나오는 탓에 자칫 생각과 판단이 길을 잃기가 쉽다. 월가 점령 운동을 바라보는 양극단 사이에서 길을 잃지 않기 위해, 우리는 차분히 묻고 냉철하게 대답해야 한다. 우선 미국인들은 왜 월가를 점령하자고 외치고 있을까. 그리고 세계 곳곳에서 월가 점령에 공감하는 까닭은 무엇일까.

무엇보다 1퍼센트를 향한 99퍼센트의 분노 때문이다. 사회적 불평등과 정의롭지 못함이 극에 이르렀기 때문이다. 1퍼센트냐 5퍼센트냐는 중요하지 않다. 다만 이처럼 온 세계가 공감한다는 것은 미국이 주도한 신자유주의가 온 세계를 제패했다는 증거다. 선진국과 후진국, 강대국과 약소국, 민주국가와 비민주국가 할 것 없이 신자유주의적 자본주의가 세계의 대세였던 것이다. 그리고 2008년의 금융 위기로 신자유주의를 지탱하는 보이지 않는 손인 월가의 실체가 드러났는데도, 희생도, 반성도, 징벌도 없는 불공평함에 분노한 것이다. 금융 권력 구조 개편을 통해 월가의 과도한 권력을 견제하지 못한 오바마와 민주당에 대한 실망과, 티파티Tea Party의 압력에 굴복해 길을 잃은 공화당과 의회에 대한 절망의 몸짓이기도 하다.

드디어 미국인들이 기성 정치를 불신하고 스스로 정치를 하기 시작했다. 그들은 서로 어깨에 어깨를 걸고서, 티파티로 대표되는 신자유주의의 마지막 발악에 맞서고 있다. 무척이나 가슴 벅차고 아름다운 장면이다. 하지만 세상의 이치는 냉혹해서, 그들이 공화당을 장악한 티파티를 넘어서는 성공을 이루지 못한다면, 미국은 이 뒤로도 한 치도 변하지 않을 것이다. 부자감세가 중지되거나 조금 다시 오르거나 다음 선거에서 오바마가 재선되는 것 정도에 그치고 말 것이다.

"참여하는 사람들만이 권력을 바꿀 수 있고,
세상의 방향을 결정할 것이다."

이런 사실을, 우리는 2008년 촛불집회 경험으로 익히 알고 있다. 2008년의 촛불 국민은 2009년엔 조문 행렬을 이루었고, 지금은 희망버스를 타야 한다.

정치권의 위기, 야당의 위기, 민주당의 위기라고 한다. 그러나 비난은 비난일 뿐, 그것이 곧 승리는 아니다. 방법은 두 가지다. 미국의 티파티나 한국의 뉴라이트처럼 경선에 뛰어들어 직접 후보를 내거나 특정 후보를 지지해 정당에 영향력을 행사하는 것이다. 아니면 스스로 정치 결사체를 만들어야 한다. 물론 전자가 쉽고 확률도 높다. 호감이 가지 않는 상대에게서도 배울 것은 배워야 한다. 그 둘의 공통점은 적극적인 참여와 정당과의 연계다.

우리는 미국보다 사정이 낫다. 미국보다 금융이 정치에 비해 권력이 강하지 않은 우리나라에서 군이 증권사가 많은 동여의도를 점령할 필요는 없다. 국회가 있는 서여의도, 청와대가 있는 종로를 점령하는 것으로 충분하다. 운 좋게 내년 2012년에 두 번의 기회가 있다. 최선을 다해 참여하자. 오로지 참여하는 사람들만이 권력을 만들고, 그렇게 만들어진 권력이 세상의 방향을 결정할 것이다.

김근태에게서 듣는다

"분노하고, 도전하라"

인터뷰 및 정리 | 김경미, 양태성(한림국제대학원 정치경영연구소)
2011년 7월 5일, 프레시안

2011년 7월, 프레시안과 경향신문이
김근태를 인터뷰한 글을 실었다.
그리고 이 두 인터뷰는 민주주의자 김근태의 육성을
공식적으로 듣는 마지막 인터뷰가 되었다.
그 중, 당시 민주당(민주통합당)과 야권의 현안뿐 아니라
자유와 민주주의에서부터 미래 구상과 희망까지
김근태의 생각을 폭넓게 들려 주는 프레시안 기사를
여기에 담았다.
내일의 희망을 싹 틔우기 위해, "분노하고, 도전하라"고
힘주어 당부하는 민주주의자 김근태의 육성이
생생하다.

김근태 민주당 상임고문을 만났다. 김근태 고문은 1980년대 반독재 민주화 투쟁의 상징적 존재였다. 그리고 지난 15, 16, 17대 국회의원과 보건복지부 장관을 지낸 유력 정치인이기도 하다. 또한, 현재 민주당 진보개혁모임의 대표로서 민주당의 개혁을 위해 여러 세대 정치인들과 시민사회를 규합하고 이끄는 수장이다.…엄혹하던 시절, 김근태란 존재는 그만큼 어떤 이에게는 희망을, 또 어떤 이에게는 투쟁의 단어를 떠올리게 한 존재였다. 그런 그를 만나러 갔다.

인터뷰 내내 그는 매우 고뇌에 찬 모습으로 한국 사회가 나아가야 할 방향에 대한 생각을 털어놓았다. 특히 민주당의 개혁 방향에 대해서 이야기할 때는 그 어느 때보다 진지하고 단호했다.

"민주당이 반한나라당 전선에 자신을 위치 짓고, 현 정권을 심판하는 국민 정서에 안주해서 그로 인한 승리를 향유하는 것에 머물러서는 안 된다. 진정으로 서민과 중산층을 위하는 정치 노선과 정치를 과감하게 실천해야 한다. 정권 교체를 위해선 야권과 한나라당(현 새누리당)이 일대일 구도가 되어야 한다. 그러기 위해선 민주당이 결단해야 한다. 기득권을 양보하는 모습을 보여야 한다.… 분명한 것은 민주당 내에서 대혁신이 먼저 이루어져야 한다는 것이다."

그는 또 아무런 비판도, 검증도 거치지 않은 박근혜 대세론이 가져올 위험에 대해서도 깊은 우려를 표했다.

"박근혜 대표는 지난 번 대선 후보 경선에서는 줄푸세(세금을 줄이고, 규제는 풀고, 법질서는 바로 세운다)를 주장했다. 그런데 지금은 평생 맞춤형 복지, 생애주기형 복지 등을 주장한다. 이 두 주장 사이에는 건너뛸 수 없는 심연이 존재한다. 이 사이의 간격을 검증하고 물어야 하는데, 언론도 그렇고 전문가들도 그렇고 국민도 그렇고 그 누구도 적극적으로 이 간격을 확인하려고 하지 않는다.···그럴 것이라는 추측만으로 검증 없이 지도자를 뽑는 과오를 2012년에도 반복해서는 안 된다."

그는 또 지난 김대중, 노무현 정권의 주요 정치인으로서 자기반성을 여러 번에 걸쳐 나타냈다.···국민의 한 사람으로 그의 사과를 받고 있는 것 같아, 또 왠지 꾹꾹 눌러 둔 그의 속울음을 듣고 있는 것 같아 미안했다.

마지막으로 그는 이 땅의 청년들에게 죄송스럽다는 말과 함께 "함께 분노하고 계속 싸우자!"라는 이야기를 남겼다.

"사실 지난 정권의 책임자 중의 한 사람으로서 젊은이들에게 이런 고통스러운 제도를 물려준 것이 너무 미안하고 죄송스럽다.···그래서 청년들이 목소리를 내야 한다고 이야기하는 것이 미안하고 면목이 없다. 하지만 청년들이 스스로 이야기하지 않으면 정치인들이 여기에 관심을 두지 않는다.···그렇기 때문에 청년들에게 하고 싶은 말은, 도전해야 한다는 것이다. 분노하고 도전해야 문제의 원인이 무엇인지 알게 되고, 그것을 극복할 힘이 생긴다. 분노할 것을 보고 분노하는 것은 인간으로서 해야 할 마땅한 행동이다. 나도 함께 분노하고 계속 싸울 것이다. 분노하자."

그와 인사를 나누고 돌아오는 길 내내 1980년대 많은 이의 가슴에 불을 지피고 희망을 싹 틔웠던 그의 분노가 2011년을 살아가는 젊은이들의 가슴에도 동일한 희망의 불씨가 되어 주길 간절히 바라 마지않았다.

자유에 대한 생각을 여쭙고 싶다.

"근래에는 자유에 대해 좀 생각하는 편인데, 사실 이전까지는 자유에 대해 많이 생각해 보지 못했다. 우리 세대의 자유는 타는 목마름 내지 그리움이었다. '불러도 불러도 대답 없는 그 무엇'이었다. 그래서 자유라는 이야기를 들으면 눈물이 났다. 이발사가 대나무 숲에 가서 '임금님 귀는 당나귀 귀'라고 외치는 상황, 말하자면, 말할 자격을 박탈당한 상황이었기 때문에, 자유라는 것은 인간의 생명을 존재하게 하는 그 어떤 의미였다.

"하지만 '자유주의' 하면 느낌이 좀 다르다. 민주화가 진행됨에 따라 사회 각계각층이 자유롭게 사유하고, 각자 자유를 향유할 수 있게 되었다. 그런데 민주화 덕분에 확보된 자유의 공간에서 권력, 재산 등을 움켜쥔, 이른바 가진 자들이 저희의 권한과 영향력을 확대하기 위한 이념적 도구로 자유주의를 활용하고 있다.

"따라서, '자유주의'라고 하면 부패한 언론, 검찰, 재벌, 관료, 뉴라이트 등, 상종하지 못할 그룹이 먼저 떠오른다. 재계의 지도부가 그들에게 주어진 사회적 책임과 역할은 고민하지 않은 채, 국민의 정서는 전혀 고려하지 않은 채, 뚱딴지같은 이야기만 계속하고 있다. 최근 언론에 드러난 것처럼, 자기들이 내야 할 법인세와 재산세는 계속 줄여 달라고 요구하면서, 학생들의 고통을 헤아린 반값등록금 요구는 포퓰리즘이라고 말하는 것이 단적인 예다. 재벌은 오히려 감세로 이익을 누리고, 그들에게 부여된 사회적 책임인 교육 투자는 국민 고통으로 전가해 버리니, 그들은 결국 이중으로 무임승차를 하고 있는 셈이다.

"국민이 화합, 통합, 타협을 이루는 길을 봉쇄하는 사람들, 그런 그룹들이 자유주의 깃발을 든다. 한 예로 한국의 검찰이 있다. 근래에 벌어지고 있는 저축은행 사건에 대해 국민의 비판 여론이 높은데도, 이런 사건이 발생하게 된 원인이나 권력형 비리 여부에 대해서는 제대로 수사하지 않고 있다. 그러기는커녕, 수사권을 둘러싼 경찰과의 갈등에서 기선을 잡기 위해, 그들이 보호해야 할 서민의 고통을 볼모 삼아 저희의 권한을 확대하려고 몸부림치고 있다. 이것은 국민을 배신하는 행위이다. 이런 까닭에 자유주의는 아직 한국 사회에서 긍정적인 흐름을 갖추고 뿌리를 내리기에는 많은 어려움이 있어 보인다.

"사실 '자유인'이라는 낱말은 어려서부터 나를 당황하게 했는데, 내가 어렸을 때 학교 교훈이 '자유인'이었다. 이 말에 담긴 함의가 너무 크고 복잡해서 이해하기 힘들었다. 학교 조례 등에서 자유인이라는 구호를 외칠 때마다 당혹스러웠다. 다만, 교정에 4·19혁명 때 목숨을 잃은 분 두세 분의 기념물이 있었는데, 그 앞에 설 때면 자유인은 저렇게 되는 것인가 하고 생각하곤 했다. 그 때문인지는 몰라도, 자유를 떠올리면 죽음이 연상되어 곤혹스럽고 혼란스러웠다."

'자유' 하면 죽음을 연상했는데도 자유를 위해 싸워 온 것인가?

"자유를 위해 싸웠다고 생각하지 않는다. 그보다는 민주화를 위해 싸웠다. 사실 민주화가 이루어지면 한국 사회가 낙원 같은 사회로 나아갈 것이라는, 좀 순진한 생각을 하고 있었다. 어쩌면 민주화 운동을 하는 내내 죽을지도 모른다는 두려움이 있었기 때문에 더 그런 생각이 들었을는지도 모른다. 민주화를 이루어 내기만 하면 지난 백 년 동안 수많은 희생과 고통을 겪은 한반도의 오천만, 또는 칠천만 사람이 새로운 세계로 나아갈 수 있는, 그런 사회가 올 것이라고 생각했다. 관념적으로 그런 희망과 기대를 가슴에 품고 '그렇다면 내 비록 죽음을 맞이하더라도 민주화를 위해 싸우는 것이 정말 보람 있고 의미가 있는 것이 아닌가' 하는 생각을 해 왔다.

"민주화는 나와 우리 시대의 화두였다. 그에 견주어, 자유는 민주화로 인해 얻게 되는 열매의 하나라고 생각했다. 곧, 민주화를 이루면, 그 세부 항목인 자유는 자연스럽게 획득되는 것인 줄 알았다. 그래서 오로지 민주화를 위해 열심히 싸워 왔다. 그것이 민주화를 위해 싸워 온 1970년대 사람들 대부분이 가진 자유에 대한 감각이 아닌가 생각한다."

김근태에게 자유란 무엇인가, 한 문장으로 표현한다면?

"자유는 우리 세대가 타는 목마름으로 그리워하던 대상이었다. 공포와 탄압으로부터 자유로워지는 것. 공포의 시대로부터 해방되기 바라는 것. 그렇게 자유는 소중하고 그리운 것이었다. 자유는 인간이 살아가는 데 절대로 없어서는 안 된다. 자유가 없다면 생명이 없는 것과 같다고 생각한다."

요즘 어떻게 지내는가.

"운동을 열심히 한다. 놀고 땀 흘리고 운동을 많이 한다. 일주일에 한 번 정도는 도봉구에 내시 환관 묘 수백 개가 방치되어 있는 초안산에 오른다. 요즘 같은 날씨에는 한번 올라갔다 내려오면 땀에 흠뻑 젖는다. 주말에는 축구 동호인들과 함께 축구를 한다.

"그리고 시간 나는 대로 지난 민주정부 10년을 돌아보고, 그때 우리의 한계는 무엇이었고 실수한 것은 무엇이었는지 생각해 본다. 미래에 대한 희망을 생각해 보고 유사한 실패나 실수를 하지 말아야겠다고 생각하고 공부를 한다. 그런데 쉽지만은 않다."

4·27 재보선 결과와 관련해 특별히 민주당에 주문하고 싶은 이야기가 많겠다.

"2010년 6·2 지방선거와 올해 4·27 재보선은 이명박 정부에 대한 국민의 준엄한 심판이었다. 민주당으로서는 정치적으로 축복받은 선거 결과였다. 하지만 두 번의 선거에서 승리를 거두었다고 해서 자족해서는 안 된다. 사실 지난 승리는 민주당이 잘해서라기보다 부자 정당인 한나라당을 심판하고자 하는 뜻에서 유권자들이 민주당을 선택한 경향이 컸다. 따라서 민주당이 반한나라당 전선에 자신을 위치 짓고, 현 정권을 심판하는 국민 정서에 안주해서 그로 인한 승리를 향유하는 것에 머물러서는 안 된다. 진정으로 서민과 중산층을 위하는 정치를 과감하게 펼쳐야 한다. 이것이 4·27 재보선과 지자체 선거에서 나타난 민심이라고 생각한다.

"그리고 민생 문제가 절박하다. 민생 문제를 완화하고 해소시키기 위해서는 진보적이고 개혁적인 정책을 추진해야 한다. 민주당은 이에 대해 확고한 의지를 갖고서 지금의 민생 문제를 돌파해 나가야 한다. 지금 반값등록금에 국민이 많은 관심을 두고 있다. 지난 지자체 선거에서 의무급식, 무상급식 같은 사안에 많은 국민이 관심을 기울이지 않았나. 진보적이고 개혁적이며 공감대를 형성할 수 있는 정책을 민주당이 자신 있게 선택해야 한다.

"민주당이 중도진보 성향을 띠긴 하지만, 진보적이고 개혁적인 정책을 선택할 때마다 여전히 내부적으로 진통을 겪는다."

민주당이 진보적, 개혁적 정책 노선을 선택하게 하는 동력이 어디에서 나온다고 생각하나?

"민주당의 정책, 또는 민주당을 견인하는 힘은 국민한테서 나와야만 한다. 이번 4·27 재보궐선거에서는 승리했지만, 지난해 6·2 지방선거 뒤에 치러진 7·28 재보궐선거에서는 민주당이 참패했다. 국민이 공감하고, 국민이 가슴으로 감동할 때, 국민은 선거를 통해 호응한다. 그러나 정치공학적으로 문제를 풀고 접근하면 국민에게 결코 감동을 주지 못한다."

그런 감동은 어떻게 얻을 수 있는가?

"기득권을 포기하는 모습에서 국민은 감동을 받는다. 지난 4·27 재보궐선거에서 민주당이 순천에 공천하지 않은 것 등에서 국민이 민주당의 진정성을 느꼈지 싶다. 감동은 그런 데서 나오는 것 같다.

"4·27 재보궐선거는 한마디로 한나라당 정권에 대한 국민의 준엄한 심판이다. 그 배경에는 이명박 정부가 권력을 이렇게 함부로 사용하게 내버려 두어서는 안 된다는 마음이 작용한 것이다. 결국 민주당이 진보적이고 개혁적인 정책을 선택하도록 견인하는 것은, 민주당 내부에서 나오는 것이 아니라, 이처럼 진보적이고 개혁적인 사회를 향한 국민의 요구, 그리고 그것을 추구하는 정당에 대한 국민의 지지로부터 나오는 것이다. 이를 위해 민주당은 스스로 개혁하고 기득권을 포기하는 모습을 통해 국민에게 감동을 줄 수 있어야 한다."

내년 총선과 대선을 준비하며 야권통합 논의가 활발하다. 이에 대해 어떻게 생각하는가?

"내년 총선과 대선을 통해서 큰 변화가 일어나기를 바란다. 또 한 번의 정권 교체가 이루어지기를 바란다. 그것은 무엇보다도 절박한 민생 문제를 해결해야 하기 때문이다. 수출 대기업에만 이롭고 국민이 피부로 느끼는 물가는 폭등하는 고환율 제도나, 부동산 거품의 원인이 되는 인위적인 저금리 정책 따위를 고쳐 나가야 한다. 정권 교체를 통해서 철학과 의식을 바꾸지 않으면 그 같은 정책 변화를 이루기 어렵고, 민생 문제를 근본적으로 해결하기 어렵다. 이명박 정부는 국가 경제의 구성 주체 가운데 재벌과 부자들을 우선시하고 있다. 진정으로 민생 문제를 해결하려면 경제 정책 운용의 철학적 기저를 거시 지표 중심의 '국가 경쟁력' 보다는, 국가 구성원 하나하나가 경쟁력을 갖추는 '국민 경쟁력' 에 기초하는 경제구조로 바꾸어야 한다.

"한국을 둘러싼 국제사회 현실을 보면, 냉전시대가 끝난 지 오래지만, 아시아에서 또 하나의 새로운 냉전이 지속될 수도 있다고 생각한다. 미국과 중국, 그리고 그에 더해 친미 세력과 친중 세력이 동아시아에서 갈등을 빚고 있다. 한국은 상당한 딜레마에 놓여 있다.

"한국은 그동안 정치경제적으로, 군사적으로 미국과의 관계를 확대 심화시키고 발전시켜 왔다. 그런 한편, 최근에는 중국과 교역이 획기적으로 늘고 인적 교류도 증가하고 있다. 이러한 상황에서 만일 미국과 중국이 갈등하게 된다면 한국은 어떻게 해야 할 것인가? 그에 대한 준비가 되어 있는가? 묻지 않을 수 없다. 물론 이러한 일이 일어나지 않는 것이 가장 좋겠지만, 그저 그러기를 바라기만 하고, 아무런 대비도 하지 않는 것은 무책임한 일이다. 그런 점에서, 2012년 총선과 대선은 큰 변화를 이루어야 한다. 곧, 국제사회에서의 한국의 위상과 국제 관계를 고민하고, 나아갈 방향을 설정하고 추진할 수 있는 정권을 창출해야 한다는 말이다. 그러려면, 이와 같은 정치 비전에 따른 정책 연합을 기초로 통합과 연대를 이루는 원탁 테이블을 구성해 한나라당과 일대일 구도를 만들어 가야 한다고 생각한다."

다른 많은 정치인은 당장의 정치 현황과 관련된 문제에 대해서 이야기하는데 반해, 국제적인 시각으로도 한국 정치를 조망하시는 것 같다.

　"'폼' 잡는 거다.(좌중 웃음) 무엇보다 한반도 평화가 중요하다는 문제의식 때문이다. 한반도의 평화나 동아시아의 협력과 공동 번영을 이루어 내기 위해서는 중국을 신중하게 고려하지 않으면 안 된다. 국제 관계에서 한 방향으로 치우친 정책은 실패로 돌아간다. 미국과 중국이 갈등을 일으키는 상황이 벌어질 때, 그때를 대비하여 고민하고 준비하는 것은 한반도의 밝은 미래를 위해서 마땅히 해야 할 최소한의 의무라고 본다.
　"동아시아 협력에 관련해서도 한국과 중국, 일본은 운명 공동체라고 생각한다. 천안함 사건 뒤로 일본의 오키나와 후텐마 미군기지 이전 문제가 좌절되었다. 동일본 대지진으로 후쿠시마 원전 사고가 일어났을 때, 만일 편서풍이 아닌 편동풍이 불었다면 한반도와 중국은 쑥대밭이 되었을 것이다. 2008년 미국의 리먼브러더스 금융회사가 도산되면서 벌어진 금융위기 여파에서 한국의 경제지표는 그나마 건전성을 유지할 수 있었던 것도 수출 시장으로서 중국 시장이 결정적으로 중요한 역할을 한 덕분이다.

"이런 부분을 고려하여 국제 관계에 대한 정책을 깊이 모색하고 의견을 수렴해 나가야 한다. 미국과 중국이 동아시아 내에서 본격적으로 패권을 다투게 되면, 현재의 한국으로서는 동아시아에서 할 수 있는 것이 아무것도 없다. 그렇기 때문에 미리 방향과 방법을 모색하고 준비하지 않으면 안 된다. 따라서 우리는 2012년 총선과 대선을 동아시아에서 새로운 협력과 공존, 번영의 시대를 이끌어 나갈 정권을 창출하는 계기로 만들어야 한다."

현 정권이 그렇지 못하다는 측면에서, 한반도의 평화뿐 아니라 동아시아 전체의 평화를 함께 고민하는 정치 세력이 정권을 잡아야 할 텐데, 다음 총선과 대선에서 과연 정권 교체가 가능할까?

"국민이 현 정권 및 여당에 분노하고 있는 것은 분명해 보인다. 따라서 나를 포함해 민주당이 명심해야 할 것은, 지금의 상황은 민주당이 잘한 결과가 아니라는 점이다. 정권 교체를 위해선 야권이 연대하고 통합해 한나라당과 일대일 구도를 만들어야 한다. 그래야 민주당을 포함한 야권이 총선에서 다수당이 될 수 있고, 대선에서 정권 교체를 이룰 수 있다고 생각한다. 그러기 위해서는 민주당이 결단해야 한다. 국민이 가슴으로 공감하고 감동할 수 있는 결단을 해야 하는데, 쉽지 않은 일이다."

감동을 줄 수 있는 결단이란? 혹시 생각하는 히든 카드가 있는지?

"히든 카드 같은 것은 없다.(웃음) 예를 들어, 앞서 이야기한 것처럼, 지난 4·27 재보선에서 순천에서 무공천했다. 김해도 결국 양보했다. 또 한나라당 쪽에서 '천당 아래 분당'이라고 부르는 분당 지역구에 민주당 손학규 대표가 입후보했다. 이런 것이 모여서 긍정적인 평가를 받았다고 생각한다. 곧, 기득권을 양보하는 모습이 감동을 준 것이다. 나아가, 진보 정당, 시민사회와 토론하고 의견을 교환하는 과정에서 무엇을 결단하고 어떻게 기여할 수 있을 것인지가 드러날 것이다. 그런 토론 과정에 충실하게 임해야 한다. 무엇보다 중요한 것은 민주당 안에서 대혁신이 먼저 이루어져야 한다는 것이다."

2012년 대선을 앞두고 여러 인물이 거론되고 있다. 한국 사회에 필요한 리더십은?

"두 가지 기준에서 생각해 볼 수 있다. 하나는 대다수의 사회경제적 약자와 극소수의 사회경제적 강자 사이에서 대타협을 이끌어 낼 리더십이 필요하다. 다른 하나는, 동아시아에서 미국과 중국이 패권 경쟁에서 벗어나 서로 존중하고 협력하는 관계로 나아가도록 만드는, 다시 말해 G2로서의 책임과 역량을 건설적으로 발휘하게 하는 방안과 과정을 만들어 낼 수 있는 리더십이다. 또 6자회담을 통해 남북 관계를 개선하고 동아시아 협력에 기여한다는 비전을 갖고 그 필요성을 채울 수 있는 리더십이 필요하다고 생각한다.

"박근혜 대표는 지난 번 대선 후보 경선에서는 줄푸세(세금을 줄이고, 규제는 풀고, 법질서는 바로 세운다)를 주장했다. 그런데 지금은 평생맞춤형 복지, 생애주기형 복지 등을 주장한다. 이것이야말로 포퓰리즘이다. 그 두 주장 사이에는 건너뛸 수 없는 심연이 존재한다. 이 사이의 간격을 검증하고 물어야 하는데, 언론도 그렇고 전문가들도 그렇고 국민도 그렇고 그 누구도 적극적으로 이 간격을 확인하려고 하지 않는다. 마치 '이명박 대통령이 평사원에서부터 기업의 CEO가 되었기 때문에 서민과 중산층의 삶을 잘 이해하고 이들을 위한 정치를 하겠지'라는 기대 속에 대통령으로 뽑았듯이, 그럴 것이라는 추측만으로 검증 없이 지도자를 뽑는 과오를 2012년에도 반복해서는 안 된다."

대선 시기가 되면 대권 주자로 부각되어 왔다. 대선과 총선에 대한 본인 생각은 어떤가?

"대선은 밑천이 다 떨어졌다.(웃음) 다만 지난 김대중, 노무현 정권 10년 동안 여당의 중요한 정치인 가운데 한 사람으로서, 결과적으로 한나라당에 정권을 잃고 중산층과 서민들이 고통스럽게 살 수밖에 없게 만든 것에 말할 수 없는 책임감을 느낀다. 그 원인이 무엇인지, 우리가 처한 구조적인 한계 때문이었는지, 아니면 우리의 실수와 실패로부터 온 것인지, 그렇다면 그것을 극복할 대안은 무엇인지에 대해 고민한다. 나름대로 반성하고, 고민을 많이 하는데, 잘 안 되고 어렵다. 중요한 점은, 지도자가 중요하지만, 메시아 같은 지도자를 기대해서는 안 된다는 것이다. 한국 사회가 이전의 양 김처럼 그런 정치 영웅을 만들어 내는 토대는 이미 사라졌다.

"개인의 리더십보다는 '우리 사회가 정말 어디로 가야 하는가, 또 어떻게 갈 수 있는가!' 라는 질문을 지속해서 던지고 그에 대한 대안을 분명히 제시하는 정당과 지도자를 뽑아야 한다. 또 정당과 지도자들은 스스로 그렇게 할 때, 국민에게 자신을 선택해 달라고 요청하고 부탁할 수 있으며, 또 그래야지만 국민으로부터 힘을 받을 수 있다고 생각한다."

한국 사회의 미래상에 어떻게 생각하는가?

"오래 전부터 한국은 '작은 미국' 이 아닌, '큰 스웨덴' 으로 가야한다고 주장해 왔다. 하지만 미국처럼 잘살고 강한 나라로 만들자는 바람이 한국의 엘리트 및 시민 사이에 두루 퍼져 있는 것 같다. 엘리트는 엘리트대로 자신의 출신 대학이 미국인 것을 자랑스러워하고 미국화되는 것을 중요한 가치로 여기고, 국민은 국민대로 미국처럼 잘살고 영향력이 강하면 좋겠다고 생각하는 것 같다. 하지만 미국의 시스템은 빈부 격차를 심화시키고, 그로 말미암은 사회 불안정성을 여러 부분에서 드러내고 있다. 반면, 스웨덴은 금융위기 이후에도 경제성장률이 순조롭고 국민 사이의 화합과 통합이 어느 나라보다 잘 되는 것으로도 정평이 나 있다."

스웨덴 유형은 언제부터 생각해 왔나?

"본격적으로 이야기하기 시작한 것은 2006년부터였는데, 스웨덴 모델에 관심을 갖기 시작한 것은 1998년도부터였다. 1998년에 김대중 후보가 당선되었을 때 취임사 준비위원회 위원으로 일했는데, 그때 당선자가 '민주주의와 시장경제 두 수레바퀴로 합의를 구하자'는 말을 넣자고 하기에, 당선자가 없는 자리에서 '민주주의와 민주적 시장경제'로 바꾸자고 주장했다. 결국 혼자 주장하다가 물러서고 말았다.

"그렇게 주장한 이유는, 시장경제나 자본주의의 폭력성과 불안정성을 또 다른 수레바퀴인 민주주의만으로는 통제할 수 없다고 생각해서였다. 곧, 시장이 가진 폭력성을 제어하는 장치를 경제 시스템 안에 갖추어야 한다고 주장한 것이다. 그것이 곧 민주적 시장경제다. 김대중 대통령도 1971년 대통령 선거 때는 대중경제라고 해서 시장경제의 폭압성, 폭력성을 제어하기 위한 장치를 두자고 주장한 적이 있다.

"1997년 IMF 위기가 왔을 때 김대중 대통령은 IMF가 요구하는 것은 미국과 유럽 채권 은행의 이익을 보장하기 위해 한국 국민을 희생시키는 것이라며 재협상을 요구했다가, 기득권 세력의 총공격으로 대선에서 떨어질 뻔했다. 그래서 결국 대통령이 되고 나서도 IMF와 맺은 합의를 꼭 지키겠다고 서명하고 말았는데, 굴욕적이었다. 이런 과정을 겪으면서 스웨덴 모델에 주목하게 되었다. 당시 일부의 경제학자들 사이에서도 이런 문제의식이 있었는데, 우리나라 사회 전반에 미국식 경제 시스템을 따르자는 생각이 팽배해서 논의가 힘을 받지 못했다. 근래에 와서 관심을 갖는 사람들이 있기는 하지만, 아직 확산력이 기대에 못 미치는 것 같다."

말하자면 미국식 모델보다 유럽식 모델이 우리에게 더 적합하다고 주장하는 것인데, 그렇게 생각하는 이유는 무엇인가?

"미국보다는 북유럽 시스템이 우리 사회에 더 적합한 모델이라고 보는 이유는, 힘이 없는 다수와 가진 것이 많은 소수가 대타협을 해 나가는 시스템이 우리에게 그 무엇보다 필요해서다. 북유럽 시스템에는 사회 협약, 사회 합의의 구조와 정신이 배어 있다. 따라서 그를 본받아 우리 사회 시스템에 대해 논의하면, 우리가 제도를 정비하는 데에서 시행착오를 줄이고 완화할 수 있을 것이다. 인류 보편의 가치를 토대로 한국의 고유한 시스템을 만들어 가야 하는데, 그런 점에서 스웨덴 같은 북유럽의 사회 시스템이 한국에 적용하기에 적합해 보인다. 스웨덴 인구가 천만 명쯤인데 한국은 오천만 명, 남북한 합치면 칠천만 명이니 '동아시아의 큰 스웨덴'이 되자는 것이다.

　"그러나 미국식이냐 스웨덴식이냐보다 중요한 것은 우리의 주체성을 찾아야 한다는 것이다. 우리 사회에 아직도 미국이면 무조건 옳다는 사람들이 많은 것 같다. 미국의 시스템에서도 배워야 할 것이 많지만, 잘못된 것도 많다. 미국은 스스로 예외주의 국가임을 자처하며 안보리의 합의 없이 이라크 전쟁을 일으켰다. 이에 대한 비판이나 문제의식 없이 미국을 관성적으로, 무비판적으로 선호하거나 지지하는 것은 곤란하다."

유달리 대타협이라는 단어를 많이 쓴다. 뜻이 다른 사람과 싸워 이기는 것보다 대타협을 이뤄 내는 것이, 더 힘든 만큼, 고도의 정치력이 더 필요하겠다. 한국 사회의 여러 세력 간의 깊은 골을 극복하고 대타협을 이룰 방안이 있다면 무엇이라고 보는가?

　"연세대학교의 어느 교수가 '한국 사회같이 불평등이 심화되는 상황에서 혁명적인 상황이 일어나지 않는 것이 참 기적이다'라고 말한 것을 들은 적이 있다. 혁명적인 상황이라는 것은 적대 관계가 노골화되기 시작한 것이다. 소득 불평등, 재산 불평등 정도가 악화되어 있는데 부자 감세로 더 악화되고 있다. 노인의 46퍼센트 정도가 상대적 빈곤에 시달리고, 경제협력개발기구(OECD) 국가 가운데 한국이 자살률이 1위이다.

"이런 고통이 지속되어서는 안 된다. 한국은 게다가 분단국가이기에 혁명적인 분위기가 고조된다는 것은 굉장히 위험하다. 이런 상황에서 고통스러운 사회를 지속시킬 것인가, 아니면 저마다 양보해 가며 절충과 타협을 이루어 나갈 것인가. 말할 것도 없이, 절충과 타협을 통해 사회를 변화시켜 나가는 것이 훨씬 더 훌륭한 선택이다. 혁명적인 갈등 상황은 인간을 망가뜨린다. 이런 고통스러운 사회를 바꿔야 하지 않겠는가? 그러나 이런 변화는 기본적으로 힘이 있어야 가능하다. 정치인들은 어떻게 이런 힘을 집결시키고 운용해야 할지를 고민해야 한다."

최근 관심사나 흥미를 느끼고 계신 것은?

"축구를 즐기는데 요즘은 골을 못 넣어 속상하다. 컨디션이 안 좋아서인지, 골을 향해 공을 차는 순간 발의 각도가 좋지 않기 때문인지, 골을 넣지 못하는 데에는 이유가 있을 것이다. 운동장에서는 왜 그럴까 하고 고민하는데, 막상 운동장을 벗어나면 잊어버린다. 어쨌든 골이 들어가면 좋겠다.(웃음)

"그리고 우리 사회가 자유롭게 꿈을 꿀 수 있는 사회가 되면 좋겠다. 그러기 위해서는 1등부터 100등까지 서열화해 놓고, 1등이 나머지 99명을 먹여 살린다고 거짓말해서는 안 된다. 100명 모두가 저마다의 고유한 꿈을 꿀 수 있는 넉넉한 사회가 되려면 무엇이 필요한지, 요즘 계속 생각하고 있다."

결정적일 때 골이 잘 안 들어가서 고민이라는 답을 들으니 지난 몇 번의 선거가 연상된다. 축구라는 것이 전후반 내내 열심히 뛰어도 골을 못 넣으면 아무 소용이 없듯이, 매번 대선 후보로 거론되었지만 대선 후보가 되지 못했다. 지난 2002년 대선 민주당 경선 과정에서 노무현 대통령에게 양보한 것이나, 지난 총선에서 신지호 한나라당 후보에게 진 것이 결과 적으로 골 결정력이 부족해서 떨어진 것이 아닌가. 그때마다 마음이 어떠했나?

"사실 2002년 대선 민주당 경선은 노무현 대통령에게 양보한 것이 아니라 포기한 것이다. 고통스러워서 경선할 수 없는 마음 상태였고, 내 실력이 거 기까지였다고 본다. 대선에서 당시 노무현 의원이 후보가 될 수 있었던 것은 노무현 대통령 본인의 역량이 컸던 이유도 있었지만, 크게 두 가지가 작용했 던 것으로 생각된다. 하나는 지역주의와 싸우기 위해 당선이 보장된 종로를 떠나 부산에 출마해서 떨어지는, 정치적으로는 어리석지만 국민의 가슴에는 감동을 주는 정치 여정이 공감을 일으킨 점이다. 다른 하나는 호남 유권자들 이 당시 이회창 후보가 당선돼 사실상 한나라당으로 정권이 넘어가는 것이 아닌가 하는 두려움을 갖고 있었다. 그런데 영남 후보가 주목을 받으면서 영 남에서 표를 모으고 호남이 단결하면 이회창 후보에게 정권을 넘기지 않을 수 있다는 집단 지혜가 작용한 것으로 보인다.

 "사실 당시 나는 노무현 후보보다 나 자신이 후보로 더 적합하다고 생각했 다. 이유는 여러 가지라고 보는데, 우선 내가 나라를 더 잘 운영할 수 있을 것 으로 생각했다. 그러나 상황이 노무현 후보 쪽으로 전개되었는데 그에 거스르는 것은 옳지 않다는 생각에 사퇴했다.

"지난 총선에서의 실패는 쓰라렸다. 선거에서 실패할 수도 있는 일이지만, 사실 실패할 줄은 정말 몰랐다. 한 달 전까지만 해도 여론조사에서 많이 앞서 있었고, 계속 추격받긴 했지만, 총선 사흘 전까지만 해도 여론조사에서 상당히 앞서 있었다. 상황이 엄중한 것은 알고 있었지만, 그 엄중한 정도를 있는 그대로 받아들이지는 못했던 것 같다. 나 자신은 참여정부나 열린우리당 안에서 대체로 바른 선택과 바른 길을 주장해 왔다고 은근히 자부하고 있었다. 하지만 유권자와 국민에게는 나도 지난 정부의 지도자 중 하나였던 것이다. 열린우리당과 참여정부에서 당 대표도 하고 장관도 한 만큼, 나 역시 지난 정부의 실패에 대해 책임을 면할 수 없었던 것이다. 뉴타운 열풍이 분 탓도 있지만, 어쨌든 결과적으로 1.1퍼센트라는 간발의 차이로 떨어졌다. 그렇더라도 그것은 엄연한 국민의 심판이었다. 가슴이 많이 쓰라렸고, 결과를 겸허히 받아들이기까지 시간이 오래 걸렸다."

민주화 운동의 아이콘이며, 민주주의 투사로서 청춘을 보내셨지만, 투사 김근태가 아닌, 청년 김근태가 꾸었던 꿈과 낭만에 대해서 알고 싶다.

"가슴을 열어야겠다.(웃음) 며칠 전에 가수 최백호의 '낭만에 대하여'라는 노래를 들었다. 낭만은 인생을 살아가는 데 정말 필요한 요소다. 마치 기름칠을 하지 않으면 기계가 뻑뻑하게 돌아가다가 결국 멈추게 되듯이, 낭만은 한 개인과 사회를 부드럽게 돌아가게 해주는 윤활유 같은 것이다. 나는 60년대 중반 세대인데, 그때가 한국에서 요즘 '세시봉 이야기'라고 해서 다시 조명받고 있는 조영남, 송창식, 윤형주, 이장희와 같은 사람들이 유명하던 때였고, 그들의 노래가 크게 사랑받았다. 또 비틀스가 유행했고, 무하마드 알리도 유명했다.

"무하마드 알리에 대해서는 개인적으로 편견이 있었다. 무하마드 알리가 캐시우스 클레이라는 본명을 바꾼 것에 대해서 미국 주류 사회가 불편하게 생각했는데, 당시엔 나도 미국 주류 언론의 영향권 아래 있었던 것 같다. 당시 한국의 학생운동은 베트남 반대 투쟁을 직접 내세우지는 않았지만, 분위기로는 그 당위성을 지지하고 있었다. 그런데, 무하마드 알리는 베트남 파병을 반대하고 또 군대 입영을 거부함으로써 챔피언 자격을 박탈당했다. 그는 거기에서 포기하지 않고 계속해서 자신의 정체성을 찾아가고자 노력했다. 민주화운동을 하는 한국의 청년으로서 알리의 이러한 행동을 당연히지지했어야 했다. 하지만 텔레비전에서 알리의 경기를 볼 때면 오히려 반대편 선수를 응원하곤 했다. 미국 주류 사회가 무하마드 알리에 대해 가지고 있던 불편한 시선을 무비판적으로 받아들인 탓이었다. 젊은 시절을 돌아보면 그렇게 일관되지 못하고 모순된 행동을 했던 것이 생각난다.

"행복한 기억도 있다. 광나루 백사장 앞에 배에다 음식점을 연 곳이 있었는데 밥도 팔고 술도 파는 곳이었다. 그곳에서 집사람하고 데이트를 하고 프러포즈를 했다. 소주를 마시고, 프러포즈를 하고 나오는데 비가 내렸다. 우산이 없던 터라, 그 앞에 원형으로 된 콘크리트 수로관에 들어가서 비를 피했는데, 그때 전해지는 그 사람의 온기가 참 따뜻했다. 프러포즈도 웬만큼 성공한 것 같았고, 비에 젖었지만 아내의 체온이 전해지는 것이 행복했다. 지명수배 중이었지만 더없이 행복했던 기억이다."

지명수배 중에 프러포즈! 그래서 프러포즈에 성공하였나?

" '예스' 라는 답은 얻지 못했다. 다만 '노' 라고는 하지 않았다." (웃음)

현재 꿈이 있다면?

"북한을, 또 중국의 동북 3성을 자유롭게 방문하고, 그리고 그곳과 왕래하며 물류를 이동시키는 상황을 꿈꾼다. 그리고 하루빨리 북한도 가난에서 벗어나기를 희망한다. 동아시아의 더 나은 내일을 위해, 북한뿐만 아니라 동북 3성의 조선족, 중국의 한족, 러시아 등과 협력하며 머리를 맞대고 많은 것을 꾀하는 사회를 만들어 가는 것, 이렇게 만들어 가는 데 한국이 솔선수범하기를 꿈꾸어 본다. 그리고 우리 사회의 소수자들, 다문화 가정 같은 사회적 소수 집단이 보호받고 존중받는 사회를 꿈꾼다. 시혜적인 관점에서가 아니라, 다 같은 구성원으로서 친구로서 모두가 더불어 잘 살아갈 수 있는 사회가 빨리 오면 좋겠다."

동시대를 살고 있는 청년들과 나누고 싶은 말씀이 있다면?

"총선에서 떨어진 뒤 한양대와 우석대에서 강의했는데, 학생들에게 등록금 인하 투쟁을 하고, 일자리가 제공되도록 정부에 요구하라고 했다. 비유가 정확하지는 않지만, 밥을 달라고 보채야 밥을 준다. 이 사회 기성세대는 청년들에게 일자리를 만들어 주어야 할 책임이 있다. 청년들을 비인간화로 내

모는 사회제도와 세력들에 대해서 분노해야 한다. 광장에서 모이고, 소셜 미디어로 참여하여 분노를 집결시켜야 한다. 등록금이며 청년 문제에 대해서 국민도 널리 공감하고 있으니만큼, 더 많은 사람이 참여해서 분노의 불길이 활활 타올라야 한다. 그래야 바뀌기 시작하고 개선된다.

"사실 지난 정권의 책임자 중의 한 사람으로서 젊은이들에게 이런 고통스러운 제도를 물려준 것이 너무 미안하고 죄송스럽다. 청년들이 겪는 고통에 대해서 들을 때마다 고개를 들 수가 없다. 그래서 청년들이 목소리를 내야한다고 이야기하는 것이 미안하고 면목이 없다. 하지만 청년들이 스스로 이야기하지 않으면 정치인들이 여기에 관심을 두지 않는다. 사실이 그렇다. 청년들이 분노해야 정치인들이 올바른 것을 밀고 나가고, 올바른 것을 실천하기 위해 싸움을 불사할 수 있다. 정치인들이 먼저 알아서 하지 않는다.

"그렇기 때문에 청년들에게 하고 싶은 말은 도전해야 한다는 것이다. 분노하고 도전해야 문제의 원인이 무엇인지 알게 되고, 그것을 극복할 힘이 생긴다. 분노할 것을 보고 분노하는 것은 인간으로서 해야 할 마땅한 행동이다. 나도 함께 분노하고 계속 싸울 것이다. 분노하자."

마치 우리 마음을 읽은 것처럼 젊은이들을 향해 "분노하라"는 이야기를 거듭했다. 「분노하라」를 쓴 레지스탕스 영웅 스테판 에셀과 삶이 매우 닮았다. 그러나 한국의 스테판 에셀로 불리기엔 그가 아직 많이 젊다. 30년 이상 더 분노하고 더 뛰어야 한다. 앞으로 그가 어떤 '분노의 성과'를 이뤄 낼지 기대된다.

민주주의자 김근태, 우리 가슴에 묻다

1985. 9 - 2011. 12. 30

1985년 9월 남영동 대공분실

이후 고문 후유증으로 해마다 9월에서 11월 사이에 한 차례씩 심한 열병을 앓아 오다.

2006년

파킨슨병을 알고 치료받기 시작하다. 고문에 의한 신경계 교란이 발병 원인이라 짐작하다.

2011년 10월

열병을 앓은 뒤, 말과 동작이 눈에 띄게 느려지고 부자연스러워지다. 뇌정맥 혈전 확인하다.

2011년 11월 29일

뇌정맥혈전증으로 서울대학병원에 입원하다. 몸소 걸어서 병원에 갈 만큼 상태가 괜찮았고,
주치의도 '잘하면 딸의 결혼식에 참석할 수는 있을 것'이라고 낙관하다.

12월 10일

딸 병민의 결혼식 날, 그러나 병상에 누운 채 이날을 인식하지 못하다.

12월 중순

가족과 보좌진만 간신히 알아볼 만큼 의식이 흐려지다. 의식이 돌아올 때면, 눈빛으로나마
'견디겠다'는 강한 의지를 비치곤 하다. 폐렴 발병으로 중환자실로 옮겨 가다.

12월 27일 전후

폐렴은 치료됐으나, 다발성 장기 기능 저하증이 진행되다

12월 29일

의료진, 가족에게 임종할 준비를 하라고 알리다.

12월 30일

새벽 5시 32분. 영면하다.

그대를 잊지 못하리

—김근태 고문 별세에 부쳐

김근태가 갔다

이렇게 한 시대가 가는구나

나더러는 조시나 쓰라 하고

김근태가 또 먼저 갔다

고문 끝에 온 민주주의가

견디다 못해 몸이 굳어져갈 즈음

그 모진 고통의 기억

잊어버리고 싶기도 했겠지

우리들의 정신적인 대통령

그대를 잊지 못하리

그대가 몸 바쳐 그토록 열망하던 자유와

민주주의를 향한 눈물겨운 꿈의 세포는

살아서 이 시대를 견디고 있는

우리의 기억 속에 남아

2012년 새해 아침을 탈환하리

정희성 | 시인, 전 한국작가회의 이사장

"'먼저 가서 편안하게 기다리세요.
어려운 일도 많았지만 행복했어요.'
그러자, 남편은 웃으며 떠났다."
— 인재근

2011년 12월 30일, 그는 눈을 감았다.
이틀 전만 해도, 그가 그렇듯 빨리 세상을 떠날 줄은 아무도 생각하지 못했다.
갑작스러운 그의 죽음은 세상을 큰 충격과 슬픔에 빠뜨렸다.

한 사람의 때이른 안타까운 죽음이
수백만 명의 가슴을 울리고 깨웠다.
그 중심에 김근태가 있다.
이 울림 쉽게 사그라들지 않으리.

—시골사람('즐거운 네트워크' 카페지기)

장례식은 사회장으로 치렀다. 줄잡아 13만 명이 장례식장을 찾았다.
무엇보다 수많은 시민들이 연일 찾아와 민주주의자 김근태의 죽음을 애도했다.
유족들 말고도 여러 사람이 호상을 자청해 문상객을 맞으며 장례를 도왔다.
그 가운데 나흘 꼬박 빈소를 지키며 조문객을 맞은 이도 여럿이었다.

민주주의자 김근태의 죽음을 슬퍼하는 시민들의 발길이 마지막 날까지 길게 줄을 이었다.
아이를 데리고 온 시민도 꽤 눈에 띄었다. 어느 부모가 말했듯이,
아이들이 민주주의자 김근태를 알고 기억하게 하고 싶은 마음에서이리라.
김근태를 기리고 추모하는 글을 담은 색색의 포스트잇이 한쪽 벽을 빼곡하게 메워
'추모의 벽'을 이루었다.

발인 앞날인 1월 2일 저녁에
추모 문화제가 있었다.
배우 권해효가 사회를 맡고,
꽃다지, 장사익, 권진원, 김원중,
손병휘, 윤민석, 안치환, 노찾사
들의 노래와 이애주의 춤이
펼쳐지고, 손학규, 문성근,
황지우, 임수경, 이계안 등이
고인을 기리는 마음의 글과 시를
낭송했다.
문화제가 열린 명동성당 문화관은
사람들이 발 디딜 틈 없이 넘쳤고,
미처 안에 들어가지 못한 사람들은
마당에 설치한 대형 스크린으로
행사를 내내 지켜보았다.
그들이 손에 손에 든 촛불이
우리 마음의 별이 된 김근태인 듯
별빛 바다로 일렁이었다.

2012년 1월 3일 아침 7시 서울대학병원 장례식장에서 발인제를 지낸 뒤
오전 8시 30분 운구 행렬은 명동성당으로 향했다.
유가족과 수많은 추모객이 운집한 가운데 명동성당 본당에서 영결 미사를 드린 뒤, 이어서
"김근태! 그를 가슴에 담는 민주주의자 김근태 장례 예식을 시작합니다"라는
공동 장례위원장 김상근 목사의 선언과 함께 영결식이 거행되었다.

"우리는 김근태에게 빚진 자들입니다!"
—함세웅 신부, 영결 미사 강론 중에서

영결식을 치른 뒤, 운구 행렬은 청계천5가 평화시장 앞 전태일다리로 옮겨갔다.
오전 10시가 조금 넘은 때, 민주주의 김근태를 추모하는 시민들과 유족이 함께 지켜보는 가운데
전태일 열사 동상 앞에서 노제가 치러졌다. 이어서 생전에 활동하던 도봉구로 이동해 그곳에서
다시 노제를 지낸 뒤, 운구 행렬은 모란공원 민주열사묘역으로 향했다.

"힘든 결정을 해야 할 때,
나는 먼전 간 이들과
이름 없는 지원자들을 떠올린다.
아무도 보지 않는 곳에서
민주주의와 인권을 염원했던
사람들을 기억하고자 한다."

—김근태, 1997

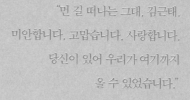
"먼 길 떠나는 그대, 김근태.
미안합니다. 고맙습니다, 사랑합니다.
당신이 있어 우리가 여기까지
올 수 있었습니다."

1월 3일 오후, 마석 모란공원 민주열사묘역에서 하관식이 거행되었다.
붉은빛 바탕에 신영복 선생이 손수 쓴 '민주주의자 김근태의 구'라는 흰 글씨가 유난히 선명한
명정 아래 민주주의자 김근태가 몸을 누이고 영원한 안식에 들었다.
수많은 시민이 구름처럼 모여들어 그가 마지막 가는 길을 지켜보았다.

추모의 벽: 김근태에게

삼가 고인의 명복을 빕니다.
당신이 살아오신 세월이
대한민국의 민주주의를 발전시킨 점은
누구도 부인하지 못할 것입니다.
—김미화

내가 자유롭게 말할 때,
내가 자유롭게 글을 쓸 때, 그리고
내가 대한민국 국민임이 자랑스러울 때
당신을 기억하겠습니다.
—추모의 벽

너무 귀한 꽃이 졌습니다.
한결같은 꽃이셨죠. 참 아픕니다.
—박경철

따뜻함과 부드러움이
최고의 덕목이 되는 나라,
우리 가슴에 남겨주셨습니다.
—김호경

김근태님과 같은 시대, 같은 나라에서
살았음이 감사하고 기쁩니다.
—문정숙 수녀

아파트 단지에서 유세할 때
'시끄럽게 하면 피해보는 분이 있을 수
있다' 면서 '생목' 으로 유세하시던
모습이 생각난다.
작은 것도 배려하고
약자를 위해 큰 목소리를 내신 분이

고 김근태님. 우리는 슬퍼합니다.
님은 편히 쉬세요.
온 마음으로 명복을 빕니다.
당신의 겸손함과 따뜻함을 기억합니다.
인생 전체로 보여주신 메시지를
기억합니다.
저도 힘껏 살겠습니다
—김여진

가셔서 굉장히 슬프다
—박철민

2012년!! 당신은 민주주의 완성으로
부활하십니다. 김근태님!
—추모의 벽

아직은 우리들 누구도
김근태를 추모할 권리가 없습니다.
2012년, 참여하고 점령하는 것만이
우리가 의장님께 진 빚을
갚는 길입니다.
—유은혜

1986년 출판사에 있을 때
김 고문의 고문 사실에 대한 보고서를
읽고서 충격을 받아, 출판사를 그만두고
공장으로 갔던 기억이 있다.
조금만 버텼으면 더 좋은 세상 보고
가셨을 텐데
—공지영

분노하라 투표하라, 고인의 유지를
받듭니다. 2012년은
하늘에서 환하게 웃으실 수 있게
반드시 투표하고 정권교체 하겠습니다.
—다음 아고라 seresiny66님

죄송합니다. 선량하고 아름답고
진지하였던 한 거룩한 생애의 인간,
마지막 가시는 그 길에 더 평화로운 세상,
더 기쁜 세상, 그걸 마음에 가득 누리게
해드리지 못했습니다.
—강금실

당신이 그토록 갈구하시던 봄은
아직도 오지 않았습니다.
부끄럽습니다.
—이외수

김근태 선배는 우리의 순정이었다.
정치적 상실감도 크지만
젊은 날 가슴속에 가졌던 순정이
끝내 짓밟힌 느낌이다.
—임종석

참여정부 때 김 고문은
분양원가 공개, 한미 FTA 반대를
외쳤다. 지금 보니 김 고문의
사회경제적 노선이 옳았다.
신자유주의 극복이라는 그의 유지를
이제 남은 사람들이 받아
이어가야 한다.
—조국

김근태, 당신이 옳았습니다

"2012년을 점령하라!"
—참사람 김근태를 추모하며

당신 가신 새벽,
이 세상에 마지막 내놓은 더운 숨이 서렸나
아침 북한산 보현봉을
섣달그믐 서릿발이 허옇게 염해 놓았네요

이제 후련하신가요
다치고 상한 몸, 마침내 부려놓고
영정에 들어가 환하게 웃는 당신:
한 사람의 일생이 이렇듯 영롱한 산봉우리로
우뚝 솟았어요

이 몹쓸 세상, 어찌하여 선하고 의로운 사람은
먼저 가고 독한 것들과 잡것들은 오래 남는가

대공분실 흠뻑 물 먹은 칠성판 우에서
더는 사람이고 싶지 않았던 몸을 가누고
바르르 떨리는 손 들어올려,
우리 모두 오르기가 두려웠던
우리 모두 오르다가 도중에 내려와버린
저 숨찬 산정을 당신 홀로 가리킨
참사람 김근태여! 그 오롯한 뜻 세워
조롱받으면서도 절뚝거리며 끝내 걸어간
세상 선하고 의로운 사람 김근태여!
포승줄에 묶인 손 들어올리고 해맑게 웃던
그 아름다운 청년 김근태여!
세상 뭇사람이 아팠으므로 함께 몸져누운 유마힐이여!

아, 눈부셔라, 만신창이 된 몸 허물 벗고
날갯짓하는 정신의 광채: 당신은 인생을 이겨버렸어요
다시금 쌀쌀맞은 시절이 찾아와 뭇사람 목숨
옥죄는 더러운 힘마저도 당신은 웃어버린 거죠

이제 사람들은 말합니다:
"우리 모두 당신에게 빚졌다"고
"이 땅의 민주주의, 김근태에게 빚 갚아야 한다"고
그리고 사람들은 말합니다;
당신이 숨쉬었던 한 세상에 비록 숨가빴으나
당신과 함께 숨쉬었으므로 뿌듯했다고

당신이 남긴 세상 어딘가를 아직도 우리 젊은이들은
더 많아진 간판을 보며 헤매고 있지만
그 새벽의 푸른 찬밥 한 덩어리를 위해
이제
당신이 세상의 영원한 바깥으로 빠져나가는
도봉산 어느 산모퉁이 주막쯤에 미리 가
막걸리 한 사발 시켜놓고, 우리 모두
당신의 마지막 말을 목 놓아 외칩니다

"2012년을 점령하라!"
"점령하라, 2012년!"
"점령하라, 2012년!"

황지우 | 시인, 한국예술종합학교 연극원 교수

미안해요, 김근태

아름답고 진지했던 인간…,
선배님은
역사였습니다

강금실 | 법무법인 원 고문변호사, 전 법무부 장관

김근태 선배님.

이런 날이 올 줄이야. 제가 선배님을 추모하는 글을 쓰고 있다니요. 너무 빠릅니다.

슬퍼요. 그냥. 웁니다. 죽음이 문득 우리 앞에 들이민, 한 거대하고 아름다운 생애의 지나감을 바라보면서.

속상하고 아리지요. 국가라는 이름으로 선배님 몸에 깊숙이 상처를 남긴 물과 불의 고문 흔적들…. 그 트라우마를 안고서도 소년같이 해맑고 선량하게 웃으시던 선배님 모습이 어른거려서, 잊고 있던 폭력의 기억이 불쑥 그 흉측한 정체를 드러내어 가슴을 후려치는 듯합니다.

저, 여기서 역사라는 것, 이야기하고 싶지 않습니다. 선배님 당신, 민주화운동의 산증인이며 대부였다는 것, 그 고문 후유증이 이렇게 일찍 선배님을 떠나보내게 한다는 것, 그런 것은 이야기하고 싶지 않습니다. 솔직히 서럽습니다. 우리가 이렇게밖에 살지 못한다는 게, 국가라는 공동체를 만들어 놓고서 그 권력으로 우리 서로 물어뜯고 심지어 이렇게 가혹하게 상처 내고 죽여 버리는 역사가 반복될 뿐이라는 게 서글프기만 합니다.

저, 사실 선배님의 민주화운동 후배도 아니지요. 나중에, 열린우리당이 기울어 갈 무렵, 제가 서울시장 선거에 출마할 때 가까이에서 뵈었지요. 인재근 선배님이 제 선거후원회장도 맡아 주셨지요. 어쩔 수 없나 봅니다. 싫어도, 힘들어도 도저히 외면할 수 없는 그 역사라는 게, 저를 이렇게 선배님과 가까이 만나게 했나 봅니다.

저, 사실, 선배님 말씀 자주 귓등으로 들었습니다. 목소리는 항상 맑고 부드럽고 온화하셨지요. 언제나 나라 걱정에 진지하셨고요. 흥분하는 법도 화내는 법도 없으셨지요. 저를 부르시면서 "우리 어떻게 하지" 하며 시국을 걱정하셨지요. 저, 힘들었습니다. 참담했고요. 시간을 갖고 싶었습니다. 그런데 지금 이 겨울에 선배님 위독하시다는 소식에 병원으로 가면서 저 많이 착잡하고 부끄러웠습니다. 뭔가 해야 할 숙제를 못 하고 선생님 면담하러 가는 느낌이었어요. 선배님께서 떠나시기 전에 다시 저를 불러 "우리 어떻게 하지" 하는 그 말씀을 건네시는 것 같았어요.

선배님은 한순간도 역사를 향한 겸손한 성실함과 헌신의 자세를 놓지 않으셨지요. 선배님께서 떠나시기 전에 다시 그 진지했던 고뇌를 상기해 주셨어요. 병실에 누워 계신 선배님 손 붙잡고 기도드렸지만, 소리 내어 말씀드릴 걸 그랬어요. 선배님, 걱정하지 마세요. 잘할게요. 열심히 해 볼게요. 무어든. 선배님이 사랑한 사람들과 이 서글픈, 그러나 우리 함께 책임지고 만들어 가야 하는 역사라는 것을 위해서.

김근태 선배님, 병실에서 만난 우원식 전 의원이 "세상이나 좀 나아지는 것 본 다음에라야…"하며 말을 잇지 못하더군요. 민주화운동 세력이 정권을 잃어버린 뒤, 증오와 분노로 변해 가는 이 사회 정서도 마음이 아프지요. 제가 이럴진대, 선배님은 어떠셨을지.

죄송합니다. 선량하고 아름답고 진지했던 한 거룩한 생애의 인간, 마지막 가시는 그 길에 더 평화로운 세상, 더 기쁜 세상, 그걸 마음에 가득 누리게 해 드리지 못했습니다. 김근태 선배님, 선배님은 역사이셨지요. 그리고 역사 앞에서 진실했고, 항상 마음이 우리 안에 계셨지요. 잊지 않겠습니다. 선배님을 기억하면서 남아 있는 사람들끼리라도 더 사랑하고 끌어안으며 사람다움에 부끄럽지 않게 가겠습니다.

하느님, 정녕, 하느님이 계신다면 살아서 조국의 폭력을 몸소 맞으며 아파했던 이 사람 김근태(즈카리아: 세례명)의 상처를 어루만져 주시고, 이 아름다운 한 사람의 영혼을 거두어 주소서. 살아서 편히 쉬지 못했던, 세상의 고통을 몸소 짊어졌던 어린 양, 당신께서 몸소 희생으로 쓰임을 다하게 하셨던 이 아름다운 영혼을, 평안히 거두어 주소서.

이 글은 '경향신문' 2011년 12월 31일 자에서 옮겨 실은 글입니다.

풀잎처럼 부드럽고
대추씨처럼
단단한 존재 예술가여

김형수 | 소설가, 시인

김근태 의장이 눈을 감았다. 길게 늘어선 행렬이 끝나고, 세상도 하늘의
별들도 모두 귀로에 들고 난 후, 지친 육신에 남은 마지막 호흡이 멎은 것이
다. 영원히 하늘로 간 것인지, 다른 모습으로 우리에게 돌아오는 것인지 아
는 이가 없다. 바람으로, 티끌로라도 다시 스칠 수 있다면 얼마나 좋을까? 이
것이 실존의 끝이 아님을 믿을 수 있다면 얼마나 좋을까?

인간의 신체만큼 냉정한 것은 없다. 한국의 골목에서 이제 다시는 그 기울
어진 모습을 볼 수 없을 것이다. 부드러운 미소가 떠나자마자 참으로 정직하
게 드러난 진실 앞에서 누구도 고개를 들지 못한다. 철딱서니 같은 주문들.

가볍게 좀 웃으세요. 정치권에서도 비분강개로 버티실 겁니까?

코가 비뚤어졌다고 투덜거릴 때마다 흥분을 금할 수 없었다. 어둑새벽 뒷
골목에서, 그것도 숨죽인 채 엎드려야 민주주의를 외칠 수 있었던 저 무서운
시대의 종결자 앞에서, 5·18을 겪고 앞서서 나가니 산 자여 따르라 외치던

74 김근태, 당신이 옳았습니다

1980년대 감각의 창조자 앞에서. 대한민국은 민청련 김근태 의장의 코뼈가 부러지고 나서야 공개적 사회운동의 시대를 맞을 수 있었다.

왜 자꾸 갑옷 입은 사람처럼 걸으세요?
젊은이들처럼 좀 경쾌하게 움직이셔요

등에 칠성판을 지던 분에게, 그것을 27년이나 내려놓지 못한 고문의 현재 진행형에게, 사람들은 무심코 그렇게 충고하고 싶었을 게다.

민주화운동에서 만난 수많은 전설이 그의 본 모습을 가렸는지 모른다. 민중과 함께 막걸릿잔을 들거나 아무라도 어깨를 겯을 수 있는 분이라고 생각해 본 적은 없다. 언제나 진정성이 무기였으며, 어떤 위협 앞에서도 도덕적 자긍심이 낮아지지 않았다.

풀잎처럼 부드럽고 대추 씨처럼 단단한 '존재 예술가'였다. 십 년 동안의 수배 생활, 최초의 대중운동 창조, 죽음에 이르는 고문을 견디면서 이룩한 그 엄청난 김근태 이미지는 강철 같은 의지보다 연민이, 단호함보다 망설임이 많았고, 민감함, 흔들림, 갈등, 비애가 협연한 창조적 작품이었다.

현실 정치인이 사회적 구성원의 합의를 정의와 효율의 잣대로 끌어낸다면 김근태 의장은 정의 때문에 효율을 선택하지 못하는 때가 있었다. 진정성의 무게 때문에 웃음의 추가 기우는 분, 정직성 때문에 가벼워질 자유를 잃어야 하는 분, 반가움보다 먼저 진지한 얼굴이 드러나고 마는 분.

이제 빈집처럼 싸늘한 '영혼의 그릇' 앞에서 김근태 의장을 잃은 슬픔과

터져 나올 듯이 가득한 격정을 견뎌야 하는 것은 우리의 몫이다. 때로는 실패의 행로에서 전봉준의 위대함을 읽듯이, 어쩌면 '김근태적 비애'가 내뿜는 마술적인 매혹은 순교의 거룩함을 통해서 비밀이 풀릴는지 모른다.

그 업적을 이야기하기 위해 정치적 수사를 가동하는 것은 구차한 일이다. 만약 우리가 인간의 생명이 존엄한 것이라고 믿는다면, 그 존엄성이 역사적 고통에 의해 지켜지는 것이라고 말할 수 있다면, 우리는 언제 어떤 상황에서도 위엄을 지켜 낸, 인간 김근태와 함께 숨 쉬었던 행운에 긍지를 느껴도 될 것이다.

그와 더불어 세상을 이야기하고 그와 함께했던 동시대를 기쁘게 떠나보내도 될 것이다. 그 같은 감수성을 얻은 다음에야 비로소 우리의 눈에 단테 신곡의 마지막 문장에 나타난 별이 보일 것이기 때문이다.

이 글은 '서울신문' 2011년 12월 31일 자에서 옮겨 실은 글입니다.

당신이 베푼 사랑,
이제 국민이 당신에게
돌려주고 있습니다

손학규 | 전 민주당 대표

김근태 형.

엊그제까지도 "근태야!" 하고 불렀는데 유명을 달리하고 나니 이제는 형이라고 부를 수밖에 없게 되었구려. 형을 친구로 둔 것이 큰 자랑이었습니다. 아니, 형은 친구라기보다는 내 마음의 스승이었습니다.

형을 일컬어 세상에서는 민주화운동의 대부, 민주주의의 역사라고 하지만, 친구인 나에게는 오히려 자상한 형이었습니다. 박정희 독재 치하에서 내가 도피 생활을 할 때, 형은 수시로 우리 집에 들러 약국 문을 닫아 주곤 했습니다. 셔터도 없던 우리 집 약국에서 양철로 씌운 나무 덧문을 여닫기란, 가냘픈 여자 약사에게는 힘든 일이었습니다. 어느 날은 연탄을 가는데 달궈진 연탄이 떨어지지 않아 쩔쩔맬 때, 형이 와서 칼로 떼어 주었다고, 아내는 어제도 눈물을 지었습니다. 형이 우리 신혼살림을 찾았을 때, 튤립 화분을 들고 들어오던 장면을 회상하며 아내는 당시 '혁명아' 들은 낭만이 있었다고 말합니다.

혁명가 김근태의 낭만은 사랑에서 비롯되었습니다. 사람에 대한 사랑, 어려운 사람에 대한 사랑이 형의 삶의 근본이었습니다. 약국 문을 닫아 준 것도, 연탄을 떼어 준 것도 모두 어려운 사람에 대한 형의 사랑이 자연스레 표현된 것이었습니다.

형의 순수하고 곧은 삶도 어려운 사람들에 대한 깊은 사랑에서 나왔습니다. 형은 항상 낮은 곳에 있는 사람들에게 가까이 다가갔습니다.

아무런 힘도 없고 사회적 지위도 없는 사람들에게 형은 항상 따뜻했고 겸손했습니다. 노동자들의 피와 땀으로부터 국민의 행복한 삶이 피어난다는 것을 믿고, 그 속에서 자신의 삶을 찾고자 했습니다.

형의, 사람에 대한 사랑은 단지 온화함과 자상함으로 그치지 않았습니다. 인자하기만 한 형의 온화한 웃음도 독재자와 특권층의 탐욕과 횡포 앞에서는 서릿발 같은 분노로 바뀌었고, 형의 추상같은 결단 앞에서 우리는 불퇴전의 결의로 모두 하나가 되었습니다.

사람에 대한 사랑과 신뢰야말로 김근태 역사의식의 바탕이었습니다. 독재정권의 그 모진 고문을 이겨 내고 이 땅에 민주화의 횃불을 높이 들어 수천, 수만의 김근태를 만들어 낸 것도 국민이 이긴다는 믿음 때문이었습니다. '역사는 억압에 맞서 싸우고, 불의에 항거하는 보통 사람들이 이룬 승리의 기록'이라는 믿음이 그토록 강인한 김근태를 만들었던 것입니다.

이제 형은 가셨습니다. 민주주의가 짓밟히고, 특권과 반칙이 횡포를 더해 가고, 휴전선은 갈수록 더 꽁꽁 얼어만 가는 안타까운 현실을 지켜보며 가셨습니다.

형이 비우신 자리가 이렇게 클 수가 없습니다. 그러나 한참 모자라지만,

형이 못다 이루신 뜻, 우리가 이어받겠습니다. 형이 목숨 바쳐 지켜 온 민주주의를 꽃피우고, 서민과 중산층에게 희망을 주는 사회를 만들겠습니다. 하나의 민족을 회복하고자 한 형의 뜻을 기필코 이루겠습니다. 분열과 갈등을 극복하고 함께 잘사는 나라를 반드시 만들겠습니다.

이승을 떠난 지 벌써 스무 해가 넘은 조영래 변호사와 함께 65학번 운동권 삼총사라 불리던 세 사람이었는데, 이제 형까지 하늘나라로 가시니 홀로 남은 나는 어쩌란 말입니까? 두 사람 빈자리까지 내가 채우겠다고 아무리 다짐하지만, 나 혼자는 짐이 너무 무겁고 갈 길이 멀기만 합니다. 그러나 나는 외롭지 않습니다. 한 시간 넘게 줄을 서서 기다리다 당신 영정 앞에 눈물을 흘리는 수많은 보통 국민. 당신을 한 번 보지도 못하고 다만 이름으로만 듣고 당신의 제자가 되고자 찾아온 청년들과 중, 고등학생들. 김근태 정신을 가슴에 새겨 주기 위해 엄마 아빠가 손잡고 데려온 초등학생, 유치원생들. 이들 속에 김근태가 부활해 있어서 나는 외롭지 않습니다.

김근태 형, 당신은 정녕 부자입니다. 국민의 사랑을 듬뿍 받고 있는 부자입니다. 당신이 생전에 베푼 사랑, 이제는 국민이 당신에게 돌려주고 있습니다. 당신의 사랑하는 인재근 여사도, 병준, 병민도 국민의 사랑 속에서 자랑스러운 김근태로 힘차게 살아갈 것입니다.

김근태 형, 이승 일은 이승에 맡기시고, 이제, 고문 없고 차별 없고 대결 없는 하늘나라에서 편히 잠드소서.

이 글은 '경향신문' 2012년 1월 2일 자에서 옮겨 실은 글입니다.

미안해요, 김근태!
당신과 함께여서
행복했습니다

유은혜 | 국회의원

당신이 그토록 기다리던 2012년 새아침을 이틀 앞둔 새벽, 당신은 가냘픈 숨을 몰아쉬고 있었습니다. 차마 볼 수 없어 입술을 깨물고 고개를 돌렸습니다. 그러다가 다시, 늘 그랬던 것처럼 제 손을 잡으시며, 마지막 말씀이라도 하실 것 같아 온몸의 신경을 그 숨소리에 맞추었습니다. 그러나 당신은 아무 말도 없었습니다. 그 새벽 여명, 당신의 헌신과 희생으로 이루었으나, 살아 생전에 당신의 것으로는 한 번도 누리지 못했던 영원한 자유와 평화의 길을 따라 아프고 서럽게 우리 곁을 떠났습니다.

"미안해! 유은혜!" 마지막에도 당신은 그랬을 겁니다. 늘 그랬던 것처럼 결국 마지막 말씀도 그러했을 겁니다. 당신은 늘 그런 사람이었습니다. 오랜만에 옛 동지들을 대할 때도, 후배들을 대할 때도, 늘 '미안하다'는 말을 빠뜨리지 않았습니다.

당신의 후배들에게는 '당신이 치른 희생은 보상받았지만, 후배들은 그러하지 못하다'고 미안해했고, 헌신과 희생의 길을 함께한 이들이 여전히 힘겨운 삶을 사는 모습에 미안해했습니다. 그렇게 만든 민주주의가 짓밟히는 현실에 미안해했고, 당신 곁을 지키는 동지들에게는 '정치적으로 화려하게 성공하지 못한 김근태의 길'을 미안하다고 했습니다. 대학생들을 대상으로 강연할 때마다, "지난 정권에 참여한 사람으로서, 젊은이들에게 이런 고통스러운 제도를 물려 준 것이 너무 미안하고 죄송하다"며 "청년들이 당하는 고통에 대해서 들을 때마다 고개를 들 수가 없다"고 했습니다.

남겨진 사람들은 당신에게 빚을 졌다며 아프게 당신을 추모하지만, 정작 당신은 마지막까지도 세상과 사람들에게 미안하다는 말만 남겼습니다.

오늘 저는, 진심에서 우러나오는 당신의 그 미안해함과 그로 인해 수많은 불면의 밤을 보냈을 당신의 마지막 여정을 생각하며 흐르는 눈물을 힘들게 닦습니다.

당신의 길이 옳았습니다

군사 독재와 맞서던 저의 대학 시절, '김근태' 당신은 그 이름만으로도 저에게는 희망이고, 용기였습니다. 민주화운동을 현실적인 국민운동으로 만들어 낸 당신을 따라 우리는 청춘을 걸었습니다. 당신은 탁월한 논리와 용기를 가진 뛰어난 지도자였지만, 우리에게는 언제나 따뜻한 형이고, 선배였습니다. 당신이 정치 참여를 선언할 때, 당신의 정직과 진실함이 대한민국 정치와 민주주의의 새로운 희망이 될 것이라고 기대했습니다.

그러나 당신의 정치 여정은 고달팠습니다. 당신의 정직과 원칙은 냉소와 멸시를 감내해야 했습니다. 심지어 당신의 그 서럽고 불편한 몸조차 조롱거리가 되는 잔인한 정치 현실을 지켜보며, 당신의 길을 따르기가 저는 너무 아프고 고통스러웠습니다.

금권정치를 청산해야 한다며 '정치자금 양심고백'을 했을 때, 사람들은 이적 행위자라며, 공상가라며 손가락질했습니다. 당신 편에 있던 이들도 '어리석은 짓'이라며 당신을 멀리했습니다. 그러나 이태 뒤에 금권정치 청산은 모두의 화두가 되었고, 당신의 용기는 정치 개혁의 물꼬가 되었습니다.

'서서 죽을지언정 무릎 꿇지 않겠다'고 할 만큼 목숨을 건 투쟁을 해온 당신이지만, 엄혹하던 그 시절에도 단식농성만큼은 반대해 왔던 당신입니다. 그러던 당신이 2007년 '한-미 FTA 반대 단식농성'을 했습니다. "단식이 김근태에게 큰 생채기가 되더라도 생채기를 피할 수 없고, 얼마쯤 가지가 부러지고 타 버리더라도 천둥번개를 피하지 않고 제 몸으로 막아 내는 들판의 나무 한 그루처럼, 제가 그 역할을 할 수 있다면 그것으로 족하다"고 했습니다. 많은 이들이 냉소했고 외면했습니다. 어떤 이는 당의장까지 지낸 여당 의원이 참으로 무책임하다며 혀를 찼습니다.

그때 국회의사당 본관 앞 농성장의 싸늘했던 찬바람과 그 속에서 절박감과 무력감으로 고뇌하던 당신의 모습을 떠올리면 저는 지금도 가슴이 시립니다. 그리고 온 국민이 반대하는 가운데 2011년 한-미 FTA 비준안 통과를 병상에서 지켜봐야 했을 당신의 아픔을 생각하면 가슴이 먹먹합니다.

1997년 국민경선 주장, 열린우리당 의장 시절의 '사회적 대타협'의 제안,

공공주택 분양원가 논쟁! 당신은 부조리한 권위와 관행에 늘 맞서 왔고, 그때마다 세상은 조금씩, 때로는 크나큰 물결로, 앞으로 나아갔습니다.

그러나 당신의 희생과 헌신으로 만든 파장이 물결을 일으키고, 그것이 파도가 되어 온 세상을 휩쓸고 간 자리에 늘 김근태는 없었습니다. 그래서 세상과 사람들은 당신을 실패한 정치인으로 기억할지도 모르겠습니다. 그러나 당신은 그런 정치 현실에 분노하고 울분을 토하는 후배들을 다독이며 정직과 진실의 가치를 가르쳐 주었습니다. 당신의 분노가 세상의 분노가 되고, 당신의 이상이 많은 이들의 현실이 되는 모습을 지켜보며, 또 그렇게 묵묵히 그 길을 가자고 했습니다.

그래서 당신과 함께했던 이들은 자주 서럽고 너무 억울했습니다. 저, 이제 눈물을 삼키며 당신의 마지막 길에 뒤늦은 회한의 헌사를 올립니다. 반독재 민주화 투쟁보다 더 힘겨웠던 현실 정치의 여정이었지만, 아무도 김근태 정치의 성공을 말하지 않지만, 늘 그러했듯, 당신의 길이 옳았습니다.

양심을 내던지더라도 현실과 타협하는 것이 정치라고 하는 이가 있다면 사람들은 당신을 떠올릴 것입니다. 민주개혁세력이 집권했다 하여, 우리 안의 부당함과 싸우지 않는다면 김근태를 기억할 것입니다. 거대한 권력 앞에 모두가 숨죽일 때, 당신을 기억할 것입니다.

2012년, 당신의 미안함에 우리가 답할 차례입니다

당신이 기회라고 말씀한 2012년 새해가 밝아옵니다. 분노하고, 참여하고,

싸워서 희망을 만들자던 그 새해의 아침, 당신은 영정 속에서 사람들을 맞습니다. 당신의 그 웃음을 눈물로 지켜봐야 하는 우리는 아랑곳하지 않고, 늘 그랬듯이 따뜻한 웃음으로 맞습니다.

이제 슬픔과 아픔의 기억들은 지난 시간에 묻으려 합니다. 당신의 삶을 희망의 근거로 삼아 분노하고 싸우며 2012년의 승리를 향해 나아가겠습니다.

지나온 시간을 돌이켜 보면, 언젠가 몇 번쯤은 저도 당신께 좀 더 근사한 언어와 풍모로 세련되게 하시라고 했겠지요? 그것이 당신에게 얼마나 잔인한 주문인 줄 알면서도, 당신을 좋아한다는 이유로, 당신의 가치가 성공해야 한다는 이유로 그리 했습니다. 김근태 의장님! 당신은 참 멋있는 분이셨습니다. 당신과 함께해서 늘 자랑스러웠고 행복했습니다. 고맙습니다.

이 글은 '오마이뉴스' 2012년 1월 1일 자에서 옮겨 실은 글입니다.

청취자,
유권자 그리고
김근태

이갑수 | 궁리출판 대표

소쩍, 소쩍. 소쩍새는 그렇게 울지 않았다. 쫑, 쫑. 소쩍새는 이렇게 울었다. 이 겨울에 웬 소쩍새냐고? 경주 너머 감포 근처 감은사지 뒷산 어둠 속에서 소쩍새는 분명 이렇게 울었고 나는 분명 그렇게 들었다. 잃어버린 짝을 찾는 듯 홀로 울었다. 꽁꽁 얼어붙은 호수에 돌맹이 하나 던졌을 때 쩡, 하고 울리는 소리처럼 소쩍새 울음은 얼어붙은 공중의 침묵을 휘감아 돌았다.

여기는 감은사지 석탑과 마주한 산기슭에 자리한 봉영암. 아주 작은 암자다. 문무대왕 수중릉 앞바다에서 임진년 해맞이를 하기 위해 찾은 터였다. 소쩍새의 외로움을 가득 실은 그 소리는 찬 기운을 머금고 문지방을 넘어 따뜻한 방으로 건너왔다. 더 가까이 들으려고 귀를 쫑긋 세우고 봉영암 마당으로 나가 서성거렸다.

밤하늘을 가르는 소쩍새 울음과 그 소리를 가르는 하늘의 초승달. 내 둔한 머릿속을 내리치는 죽비처럼 여기며 방으로 들어왔다.

벌써 떠나온 곳이 궁금해 버릇처럼 컴퓨터를 켜니 속보가 떴다. "김근태 위독, 오늘이 고비." 아침에 일어나니 간밤 속보는 슬픈 소식으로 변해 있었다.

"민주주의자 김근태, 별세."

'쇼생크 탈출'은 그리 복잡한 기교를 동원하지 않고 인생살이 한 일면을 다룬 영화이다. 그 영화에 기발한 장면이 하나 있다. 앤디 듀프레인(주인공)은 아내를 죽였다는 누명을 벗을 희망이 사라지자 탈출을 결행한다. 천둥이 치고 비가 억수로 내리는 날을 일부러 골랐다. 지하 탈출로를 따라가다가 큰 하수관을 만났다. 그는 큰 돌로 이 쇳덩어리를 뚫어야 했다. 함부로 쳤다가는 그 소리에 쉽게 발각될 상황이다. 그는 하늘이 내는 소리를 이용한다. 천둥이 칠 때를 맞추어 내리치는 것이다. 그 둔탁한 소리는 천둥소리에 묻히고, 그는 결국 탈출에 성공한다.

나는 이 영화를 서너 번 본 것 같다. 영화관에서도 보고 텔레비전 채널을 돌리다가 우연히 보기도 했다. 앤디에게 감정이입되어 조마조마해하면서 그 장면을 볼 때마다, 비록 역할은 다르지만, 늘 떠오르는 사람이 한 분 있었다.

김근태.

그의 한마디가 가슴에 콕, 걸렸더랬다. 그가 고문을 당한 현장에는 늘 라디오가 켜져 있었다고 한다. 음량도 높았다고 한다. 그의 비명을 중화시키기 위한 것이었다. 그가 모진 고문을 받는 동안 라디오 속에서 깔깔거리고 낄낄거리는 남녀 진행자들. 아무 일 없다는 듯 조잘거리는 출연자들. 그는 이제는 웃으면서 말했다. 그땐 그들이 그렇게 미울 수가 없었노라고. 고문자들은 고문하면서도 '시집간 딸이 잘사는지 모르겠다'는 말들을 주고받았다던가?

하지만 태연했던 이들이 어디 그 유명한 진행자들뿐이겠는가. 어디 그 유식한 출연자들뿐이겠는가. 그 말은 여러 청취자를 향하는 것이기도 했겠다.

그리고 어쩌면 나를 정확히 겨냥하는 말이기도 했다. 나 또한 아무런 걱정 없이 그런 수다에 장단을 맞추며 웃었을는지도 모르니 말이다.

그래서 고인을 보내며 그에게 빚진 느낌, 미안하고 죄송한 느낌 그리고 고마운 느낌을 가졌는지도 모른다. 그래서 '모두 병들었는데 아무도 아프지 않았던' 시대를 떠올렸는지도 모른다. 그래서 고인과 일면식도 없는 내가 멀리서나마 뒷줄에 서서 묵념을 올리는지도 모르겠다. 그래서 고인을 따를 한 줄 이력도 갖추지 못한 내가 뒤늦게 이런 글이라도 쓰고 있는지 모르겠다.

앤디는 쇼생크 감옥을 탈출하는 데 성공한다. 그리고 교도소장의 부정한 돈을 찾아 미국 국경을 넘은 뒤, 남태평양 어느 바닷가에 정착한다. 한참 후 만기 출소한 동료가 앤디를 찾아온다. 둘은 깊은 포옹을 나누며 자유를 만끽한다.

김근태도 감옥을 나서기는 했다. 그가 다시 발 디딘 곳이 더는 감옥이 아닐까. 반드시 그렇지만도 않았을성싶다. 어쩌면 그곳은 많은 사람이 미처 감옥인 줄도 모르는 감옥이었을는지도 모른다. 감옥 안에서는 감옥이 보이지 않는 법이다.

그를 고문했던 자는 이제 목사가 되었다고 한다. 그도 유권자일 것이다. 그 목사에게 고문을 시켰던 자들은 그 자리에 그대로 누룽지처럼 눌어붙어 있다. 그들은 권력자이다. 차기도 유력하게 노리는 중이다. 라디오, 지상파, 케이블 방송, 종합편성 채널은 왕왕거리며 청취자와 시청자들을 비롯한 많은 유권자의 눈과 귀를 붙들고 있다. 담장만 새로 칠했을 뿐, 여전히 같은 감옥이라면 지나친 착각일까?

"오로지 참여하는 사람들만이 권력을 만들고, 그렇게 만들어진 권력이 세상의 방향을 정할 것이다." 김근태가 혼신을 다해 블로그에 마지막으로 남긴 글, '2012년을 점령하라!'의 마지막 문장이다. 그 글이 나에게는 자꾸 '쇼생크를 탈출하라!'로 겹쳐져 읽혔다.

봉영암에서 불 끄고 누웠는데 쫑, 쫑, 소리가 들렸다. 오늘 밤도 또 소쩍새가 찾아왔다. 일어나 창문을 열어 보니, 내 머릿속에서 우는 새였다. 새는 떠나도 울음소리는 남았다. 삼가 고인의 명복을 빈다.

이 글은 '경향신문' 2012년 1월 13일 자에서 옮겨 실은 글입니다.

김근태의 마지막 말
"분노하라, 투표하라!"
김근태 형에게 부치는 마지막 편지

이인영 | 국회의원

선배님! 정녕 이렇게 그냥 가시는 건가요? 초조한 마음으로 시작한 민주통합당 대표 경선 텔레비전 토론을 하다가 문자 메시지를 받았습니다.

"올라오셔야 할 것 같습니다. 시간이 많이 남지 않은 것 같습니다."

민영이가 보낸 이 소식에 정신이 아득해지고 그 순간을 감당할 수 없었습니다. 토론에서 무슨 말을 했는지도 알 수가 없습니다. 주체할 수 없는, 걷잡을 수 없는 심정이 되었기 때문입니다. 참아야 한다. 의연하고자 했지만, 마음이 먼저 울기 시작했습니다. 오직 서울로 가야 한다는 것밖에는 아무 생각도 들지 않았습니다.

창하가 울먹이며 "형, 이상해. 의사들이 가족들은 대기하래. 어제 밤사이에 갑자기 안 좋아지셨어" 하고 전화했을 때만 해도, 할 수 있는 것을 다 하라고 대답할 뿐, 이리도 빠르게 현실이 되리라고는 믿지 않았습니다. 혹시나 해서 켜 놓은 휴대 전화기가 원망스러웠습니다.

1988년 저는 감옥에 있는 동안 아버지를 잃었습니다. 임종을 함께하지 못했다는 죄책감은 저에게서 오랫동안 떠나질 않았습니다. 그해 가을 감옥에서 나와 좌표를 잃고 방황하던 저를 김성환(현 서울 노원구청장) 형이 재근 형수를 통해 막 출소한 '근태 형'에게 소개했습니다.

굳이 혼자 가라 해서 서울 수유리 어디 광산슈퍼를 돌아 찾아간 집이었습니다. 제 얘기를 들은 후 들려준 처음 한마디를 잊을 수 없습니다.

"선배들이 잘못해서 후배들을 고생시켜 미안하다."

나이도 제법 차이가 나는데 왜 당신이 형인지 알게 되는 순간이었습니다. 그때 당신이 해 준 위로를 잊을 수 없습니다. 1987년을 온전히 감옥에서 보낸 당신은 차분하게 1987년 대선 패배의 책임을 지고 가고 있었으며 누구도 원망하거나 미워하지 않았습니다. 그저 묵묵히 자신의 삶으로 역사를 다시 감당해 나가고 있었습니다.

파래져 가는 그의 마지막 얼굴…, 나는 절망했다

조금은 더 버틸 것 같다고 해서 많은 사람을 돌려보낸 뒤였습니다. 새벽 어스름에 중환자실 모퉁이 의자에서 뒤숭숭한 마음을 붙잡고 있는데, 소식이 왔습니다. 우리가 기다린 기적은 아니었습니다.

두 배, 세 배 지금보다 깊은 암흑의 시대를 강철 같은 웃음으로 날려 버리던 재근 형수는 몸을 가누지 못하고 깊이 울었고, 그리고 고문을 폭로하고, 수사관의 정강이를 차고, 민가협을 만드느라 밖으로 돌던 엄마를 챙기던 병준, 병민이 그 순한 울음을 토해 냈습니다.

혈색이 사라지며 파래져 가는 얼굴을 보며 저는 절망했습니다. 우리들 '근태 형'의 맑은 웃음을 이제 더는 못 보는 것일까요? 생때같은 저 아이들을 두고, 선배, 어디로 그리 바삐 가십니까?

정신을 차려야 했습니다. 당신을 잘 보내 드리는 일도 우리가 해야 할 일이었습니다. 동민한테도 인사 드리라 했고 상명, 효경 선배, 기헌, 은영, 종걸 형도 당신을 배웅하기 시작했습니다.

형수에게도, 병준과 병민에게도 이제 그만 보내 드리자고, 잘 보내 드리자고 했습니다. 누님께서는 우리 좋은 얘기만 하자며 고통 없는 세상에서 편안하라고 고별했습니다. 그러나 재근 형수 말처럼 우리 모두는 아직 당신을 보낼 준비가 되지 않았습니다. 잘 가시라, 우리가 잘하겠다고 말했지만, 결국 당신을 지켜 주지 못해 죄송했기 때문입니다.

그 발표는 정말 하기가 어려웠고 하기도 싫었습니다. 고문 없는 세상에서 편히 쉬시라 했지만, 원망이 솟구쳤습니다. 병의 진전을 알렸을 때, 선숙 누나는 그렇게 서럽게 울 수가 없었습니다. 회한 같은 것이었을 겁니다. 여느 드라마와 비교할 수 없는 참혹한 장면이 겹쳐졌을 겁니다.

누군가 입을 열고 손가락을 들어 김근태를 비틀었을 때, 저는 고통스러웠습니다. 피눈물을 삼켰을 당신은 참 무던히도 참았습니다. 잔인한 시선과 비겁한 칼날이 당신의 마음을 갉아먹고 정신을 파괴하고 있을 때, 저는, 우리는 당신을 지켜 내지 못했습니다.

얼마나 외로웠을까? 마지막까지도 오직 당신을 지켜 낸 것은 당신의 영혼과 정신이었습니다. 재근 형수였습니다. 마지막 투병 기간 동안 굳어 가는 정신과 딱딱해지는 몸을 두고도 재근 형수는 절대로 낙망하지 않았습니다.

예비경선을 하던 날, 재근 형수는 선배의 손을 부여잡고 "사랑도 명예도 이름도 남김없이…" 하며 앞 소절을 부르면 근태 형이 "으으으, 으으으" 하고 뒷 소절을 불렀다며 또 일주일 전의 희망을 얘기했습니다. "일어나실 거야. 형수 걱정하지 마" 하고 그저 큰소리 치고는 서둘러 병원을 나왔습니다.

중환자실에서, 거기서 당신의 모습을 보고 있노라니 차마 견딜 수가 없었습니다. 왜 당신이 그토록 지독한 싸움을 해야 하는지, 불쌍해서 미칠 것 같았습니다. 당신과 형수가 그렇게 싸우고 있는데 같이 울고 있을 수도 없었습니다. 마음속에 무상함이 밀려들어 한동안 가라앉아 있었습니다.

'민주주의자 김근태,' 어떤 수식도 필요 없는 까닭

누구보다 인간의 존엄을 위해 싸웠고, 인간에 대한 깊은 예의를 지켰던 한 사람이 가고 있습니다. 평화로운 사람, 정의로운 사람, 지혜로운 사람이고자 했던 그가 이제 우리 곁을 떠나려고 합니다.

우리가 모두 제 안의 것을 과장하고 포장하려고 할 때, 그는 놀라운 성찰과 절제로 자신을 지켜 냈습니다. 스스로 먼저 부족하다고 했고, 상처받은 것보다 충분한 보상을 받았다고 했습니다.

그는 무엇보다 순정의 사람이었습니다. 속절없이 정직과 진실의 세계를 살았던 사람이었습니다. 아내에게는 좋은 남편이고, 딸과 아들에게는 좋은 아빠였습니다.

우리가 그에게 마음으로부터 빚지고 있는 것은 어쩌면 더 근원적인 것인지도 모릅니다. "누가 김근태에게 돌을 던질 수 있단 말입니까?" 이제 생각해 보면, 이 말은 그저 단순히 그가 한 시대를 치열하게 살았고, 민주화운동을 했고 고문을 당했고 감옥에 갔다는 것에 있지 않다는 생각이 듭니다.

우리가 현실의 세계에서 이상과 희망을 부정할 때마다 그는 항상 민주주의로 구성된 새로운 세계를 꿈꾸었습니다. 정직, 진실, 희망의 가치는 그 안에서 항상 인간의 철학으로 거듭나고 있었던 것입니다. 우리는 그것을 자꾸 포기하면서 살았고, 그는 더욱 더 깊은 해답을 찾기 위해 살았던 것이 아닐까 생각합니다.

'만약 우리에게 김근태가 없었다면' 하고 가정해 봅니다. 우리는 그로 인해 가장 치열하면서도 가장 인간적이었던 한 시대와 세계를 만날 수 있었던 것 아닐까요? 그것이 한 사람 안에서 공존할 수 있었다는 것은 저는 기적이라고 생각합니다. 지옥 같은 압박을 견뎌 내는 인간의 존엄와 정의, 인간 본성의 파괴를 딛고 맞서 나오는 선량한 웃음.

우리는 더는 누구에게도 이 이름을 붙이지 못할 것입니다. 영구결번 같은 것이라고 생각합니다. '민주주의자 김근태'. 우리가 어떤 수식어도, 어떤 수사도 더는 붙이지 않은 이유입니다.

유언을 하지 못한 그가 우리에게 남긴 것들

그는 유언을 남기지 못했습니다. 그러나 그는 선각자로서, 실천가로서 우리에게 많은 것을 남겼습니다. 그는 수십 번 잡혀갔지만, 철권통치 시대에도 사무실을 구해 간판을 내걸고 대중운동을 할 수 있음을 실천해 보인 사람입니다. 역사는 민청련(민주화운동청년연합)을 그렇게 기록하고 있습니다. 그는 실형을 받았지만, 고문을 받고도 철인 같은 기억력으로 증거를 지켜 재판 결과를 뒤집을 수 있음을 확인시켜 준 사람입니다. 세계의 양심 세력이 그것을 기억하고 있습니다.

그는 누구도 감히 사용할 엄두를 내지 못하던 '모두진술'을 처음으로 수인의 권리로 요구해 법정에서 사용한 사람입니다. 우리는 누구나 모두진술을 한 권리를 갖고 있습니다. 그는 모두가 조직 동원, 금권정치에 갇혀 있을 때, 국민경선제를 주장해 관철시켜 정당정치의 새로운 이정표를 세웠습니다. 덕분에 우리는 "모든 권력은 국민으로부터 나온다"는 헌법 조항을 조금 더 정확하게 이해하게 되었습니다.

무엇보다 그는 한 걸음 앞서 시대를 통찰하고 대안을 제시했습니다. 분양가 원가 공개, 국민연금 투자 등에서 그의 원칙은 현실에서 증명되고 있습니다. 무엇보다 양극화와 신자유주의 시대에 맞서는 김근태의 깃발은 많은 것을 웅변하고 있습니다. 'FTA를 하려거든 나를 밟고 가라'고 했던 그의 절박한 외침을 세상은 꼭 기억해야 할 것입니다.

그리고, 그가 2012년을 앞두고 하고 싶었던 마지막 말은 "분노하라, 투표하라"였습니다.

"2012년에 두 번의 기회가 있다. 참여하자. 참여하는 사람들이 권력을 만들고 세상의 방향을 정할 것이다."

기억해 주시기 바랍니다. 그는 멋진 지도자를 꿈꾸지 않았습니다. 그는 영혼을 가진 사람이었습니다. 진실의 눈으로 세계를 정확히 바라보고 정확한 해답을 찾고자 했습니다. 투사가 되고 싶었던 것이 아니라, 정치가가 되고 싶었던 것이 아니라, 그것이 필요한 것이었기 때문에 그렇게 한 사람입니다.

자신의 존엄을 지키기 위해 생명을 걸고 싸워야 했으며, 타인의 존엄을 지키기 위해 생명을 걸고 싸웠습니다. 그에게는 그 둘이 다르지 않았습니다. 스스로에게 무한히 정직했던 한 인간, 김근태, 진실과 정의가 비로소 그 안에서 하나의 몸이 될 수 있었던 것입니다.

당신을 가슴에 담습니다. '혁명가 김근태'

그는 언제나 시대가 원하는 것을 들었습니다. 그리고 자신의 이상과 일생을 그 안에 두었습니다. 정의롭지 않은 세상과 타협하지 않았고, 정직하지 않은 세상과 타협하지 못했습니다.

그를 만나 본 사람이라면 누구라도 기억할 것입니다. 자신이 먼저 말하기보다는, 상대가 누구든 먼저 말을 듣고 의견을 구했던 사람입니다. 개인보다는 조직을, 부분보다는 전체를, 명망보다는 신의를 앞세우는 것이 민주주의자 김근태가 행한 정치였습니다.

'빠르기' 보다 '바르기' 를 추구하던, 생각의 사람 김근태를 보냅니다. 고맙습니다, 형! 선배들의 고백도 이어집니다. 민주와 진보의 길에서 만인의 선배였던, 만인의 형이었던 근태 형, 잘 가세요.

이 말을 꼭 하고 싶습니다. 사랑했다고, 존경했다고, 감사했다고, 잊지 않겠다고, 당신을 가슴에 담는다고, 역사의 심장에 묻는다고, 그 끝에 당신은 혁명가였다고.

　김근태와 함께 동시대를 산 모든 분들께 한 말씀만 더 드립니다. 김근태와 함께 고스란히 고난의 한 시대를 살았던 인재근, 김병준, 김병민을 꼭 기억해 주십시오. 그들은 우리의 가족입니다.

이 글은 '오마이뉴스' 2011년 12월 31일 자에서 옮겨 실은 글입니다.

착한 사람들이
상을 받는구나,
하게 하소서

함세웅 | 신부, 민주화운동기념사업회 이사장

 지난 12월 29일 아침, 김근태 형제의 부인 인재근 님의 전화를 받고 곧 서울대학병원으로 달려갔습니다. 그의 침대 주변에서 자녀와 후배, 동지들이 눈물을 흘리며 지켜보고 있었습니다. 저는 작은 십자가를 인재근 님의 손에 쥐어 드리고 그와 함께했던 30여 년의 삶을 기억하며 정성껏 세례성사를 베풀었습니다.
 "여보, 힘내요!"를 계속 반복하며 남편에게 생기를 불어넣는 인재근 님에게서 저는 성령의 힘을 확인했습니다. 부인은 남편의 귀에 대고 "하늘나라에 가시면 형님께서 기쁘게 맞이하실 거예요. 하늘나라에 가시면 아름다운 완결을 확인하실 거예요!"라는 작별 인사의 기도를 고하기도 했습니다.

 저는 그의 거친 숨결을 지켜보면서 우리 민족의 처절한 삶을 압축하여 선열들과 모든 의인을 그리며 많은 것을 생각했습니다. 김근태! 그는 참으로 우리 민족과 공동체를 위하여 태어난 사람입니다.
 1960년 3·15 부정선거 현장을 지켜본 한 영국 기자가 "한국에서 민주주의가 이뤄진다는 것은 쓰레기통에서 장미꽃 피기를 기다리는 것과 같다"고 보도한 내용을 읽고, 그는 분노와 모멸감으로 몸서리쳤습니다. 중학생 시절 4·19 민주혁명 체험이 바로 그 일생의 길잡이였고, 1961년 박정희의 5·16 군사정변에서 그는 더 큰 분노와 시대의 정체성을 체험했습니다.

김근태는 오로지 정직한 나라, 민주공화국, 평화로운 한반도를 꿈꾸며 살아왔습니다. 이 아름다운 꿈의 첫 장애물이 박정희 유신 군부 독재였고, 두 번째 장애물이 광주학살의 주범 전두환 신군부 독재였습니다. "죽음 앞으로 내몰렸던 마지막 순간까지도 저는 꿈을 포기할 수 없었습니다"라는 고백에서 확인하듯, 그의 청년 시절은 이 두 장애물을 제거하는 일로 압축됩니다.

김근태의 덕목과 이상은 평화·정의·지혜입니다. 평화는 다양한 이들을 하나로 묶는 사랑의 끈입니다. 그는 청년 학생, 노동자, 농민 등 모든 계층의 동지를 하나로 모으며 평화를 지향했습니다. 그가 지향한 평화는 늘 정의에 기초했습니다. 정의 때문에 그는 분노하고, 정의 때문에 그는 용기 있게 싸웠습니다.

1983년 살벌했던 전두환 신군부 독재 시절 '민주화운동청년연합'을 결성해 불의한 권력과 맞서 싸우다가 결국 체포되어 남영동 대공분실에서 무서운 전기 고문을 당하며 죽음을 체험했습니다. 그러나 그는 칠전팔기의 투사로서 다시 일어나 군사정권을 꾸짖고 타파했습니다.

그런 그가 세상을 떠났습니다. 바로 전기 고문 후유증 때문입니다. 유신 독재와 신군부 독재 당사자들은 물론이고, 그들에게 직간접으로 동조한 반민주

부류는 모두 속죄하고 뉘우쳐야 합니다. 그들이 바로 김근태를 죽인 장본인입니다.

저는 지금 성서 작가의 시편 기도를 떠올리며 간절한 마음으로 하느님께 기도드립니다.

"착한 사람들이 악인의 피로 발을 씻고 그 보복당함을 보고 기뻐하게 하소서. 그리하여 사람들이 이르기를, '과연 착한 사람이 상을 받는구나. 하느님이 계셔, 세상을 다스리시는구나' 하게 하소서." (시편 58. 10-11)

어떻게 감히 역사를 왜곡하여 일본의 침략을 미화하고 이승만 독재와 박정희 독재를 찬양할 수 있습니까? 어떻게 감히 국사 교과서를 왜곡하여 민주주의의 가치를 훼손할 수 있습니까? 이들이 바로 제2의 친일 매국노, 군부 독재의 잔당입니다.

친일 매국노와 독재 잔재를 청산하고 친미 사대주의를 극복하는 일, 이것이 바로 김근태의 삶입니다. 진실을 왜곡하고 국민을 속이는 신문, 방송을 퇴치하는 것이 김근태를 기리는 일입니다. 김근태 님! 임이 행하신 일을 계속하여 후배 동지들이 이어갈 것입니다. 한반도 평화와 통일을 위해 임께서 뛰신 것처럼 저희 모두 최선을 다해 달리겠습니다.

이 글은 '한겨레신문' 2011년 12월 31일 자에서 옮겨 실은 글입니다.

고마워요, 김근태

'오비추어리' 와
'커튼콜' :
김근태

김호 | 더랩에이치 대표

"때론 쇼의 최고 장면은 커튼콜curtain call이다." 유명 작가 스티븐 킹은 오비추어리obituary, 즉 부고 기사를, 쇼가 끝난 뒤에 배우들이 박수를 받으며 무대에서 인사하는 커튼콜에 비유했다.

외국의 유력 언론에서 오비추어리는 중요한 위치를 차지하며, 최고의 기자들이 담당한다. 미국 '뉴욕타임스'는 부고 기사만을 모아 책으로 발간하며, 영국 '이코노미스트'는 마지막 페이지를 한 사람의 부고 기사에 모두 할애한다. 오비추어리는 '죽음'이 계기가 되어 쓰지만, '삶'을 조명하는 기사이다.

2011년을 우리는 김근태 고문과 함께 떠나보냈다. 빈소를 찾아 고인의 누님 손을 잡은 것이, 그를 가장 가까이서 접한 것일 뿐인 내가 그에게서 깊은 매력을 느끼게 된 것은 실은 '사과'에 대한 책과 논문을 준비하면서이다. 그는 정치 자금에 대해 양심고백을 한 우리나라 최초의 정치인이며, 그의 삶은 민주화뿐만 아니라 투명성과 밀접하기 때문이다. 그의 부고 기사들을 꼼꼼히 읽었다.

"민주화운동의 큰 별"(한겨레), "후원금 너무 걷혔다며 신고한 깨끗한 정치인의 대명사"(조선일보), "언론인이 인정한⋯ '진정성의 힘'"(미디어오늘), "(정치적 강자의 위치에 섰을 때에도) 단 한 번 정치 보복을 추구한 적이 없는"(뉴욕타임스) 등 진보와 보수, 국내와 국외 언론 모두 일관된 평가를 내리고 있었다.

　유일한 부정적인(?) 평가가 있기는 하다. 그는 '이미지 만들기'에는 서투른 사람이라는 것이다. 정치사상가 한나 아렌트는 "정치의 절반이 '이미지 만들기'이고 나머지 절반은 사람들에게 그 이미지를 믿게 하는 것"이라며 과도한 정치적 '이미지 메이킹'에 대해 지적했다.

　고문 후유증으로 제대로 소리 높여 연설하지 못한 김 고문은 대중의 인기를 얻지 못했다. 하지만 '진정성'을 기준으로 줄을 세운다면 그는 가장 앞에 설 정치인이었다.

　'혼자 깨끗한 척한다'고 일부 정치인은 비난했지만, 그는 자신의 불법 정치자금에 대해 양심선언을 하고, "정치인들이 '집단적 양심고백'을 통해 정치자금 내역을 스스로 밝히고 국민에게 용서를 구하자"며 '정치자금에 대한 특별법' 제정을 추진했다. 남의 잘못보다 자신의 치부를 먼저 드러냈으며, 문제점만 지적하기보다 현실적인 대안을 모색해 온 정치인이었다.

　경영사상가 짐 콜린스는 리더십을 다섯 단계로 나누면서 가장 위대한 리더십을 '레벨 5 리더십'으로 명명한다. 이들은 개인적으로 카리스마보다는 조용하고 겸손한 태도를 갖추지만, 공적인 일을 추진할 때는 강한 의지력을 발휘한다. 나는 레벨 5 리더십을 가진, 흔치 않은 정치인으로 단연코 김근태 고문을 꼽는다. 겸손하고 신사적인 성품을 지녔지만, 민주화에 대한 신념 앞에서는 군부 독재와 정권 실력자들에게 맞서는 강한 태도를 보여 준 정치인이었다.

부고 기사에 나타난 '압축된 삶'에서 우리는 교훈을 얻는다. 그의 삶은 우리가 2012년 선거를 통해 실천하는 진정성, 개인적인 겸손함, 시민을 위한 희생을 몸으로 보이는 정치인을 뽑아야 한다는 엄숙한 가르침을 준다.

리더십 워크숍에서 더러는 죽은 뒤에 사람들이 나를 어떻게 기억해 주길 바라는지 생각해 보고 자기 묘비문이나 부고 기사를 만들어 보는 과제가 주어진다. 김근태 고문이 자신의 부고 기사를 썼더라면? 지난 며칠간 우리가 본 오비추어리와 일치했을 것이다.

그의 위대함은, 자신이 스스로의 삶을 바라보는 모습과 주위 사람들의 평가가 일치하는 삶을 살았다는 점에 있다. 역대 대통령 대다수가 이런 삶을 살지 못했다. 그가 대통령들보다 훨씬 더 크게 감동적인 '커튼콜'을 보여주는 이유이다. 김.근.태.

이 글은 '한겨레신문' 2012년 1월 3일 자에서 옮겨 실은 글입니다.

우리가 잊고 있던,
김근태 선생의
또다른 길

박태견 | 뷰스앤뉴스 대표 겸 편집국장

　지금 상태가 위중한 김근태 전 열린우리당 의장을 운동권 출신들은 "선배!" 하고 부른다. 혹독한 군사정권 시절에 그는 모두의 '선배' 로서 험난한 가시밭길을 맨 앞에서 헤쳐 왔기 때문이다. '김근태 선배' 가 걸어온 형극의 길은 더는 길게 말할 필요가 없다. 동시대를 살아온 모두가 누구보다 잘 알고 있기 때문이다. 하지만 우리가 잊고 있는 '김근태의 또 다른 길' 이 있다.

　김근태 "분양원가 공약 깬 노盧, 계급장 떼고 논쟁하자"

　2004년 6월 9일의 일이다. 그해 3월 12일 탄핵을 당했던 노무현 대통령이 4·17 총선에서 열린우리당의 압승으로 화려하게 컴백했다. 그때 열린우리당은 총선 공약으로 '아파트 분양원가 공개' 를 내걸었다. 집권 초 김진표를 경제부총리로 기용하면서 집값이 폭등, 민심이 대거 이반한 데 따른 자성의 공약이었다. 총선 후 4월 28일 개최된 열린우리당 워크숍에서도 의원의 87퍼센트가 분양원가 공개 공약을 지켜야 한다고 답했다.

그러나 그해 6월 9일 믿기지 않는 발언이 나왔다. 노무현 대통령이 "아파트 분양원가 공개는 개혁이 아니라고 생각한다. 이것은 대통령의 소신"이라며 "장사하는 것인데 열 배 남는 장사도 있고 열 배 밑지는 장사도 있고, 결국 벌고 못 벌고 하는 것이 균형을 맞추는 것이지, 시장을 인정한다면 원가 공개는 인정할 수 없다"고 말한 것이다.

그러자 문희상, 유시민, 임종석 등 열린우리당 수뇌부와 이해찬 총리 등이 노 대통령 발언을 적극 지지하고 나섰다. 열린우리당 의원들은 모두 침묵했다. 하지만 단 한 사람만은 달랐다. 김근태 의원이었다. 김 의원은 6월 14일 개인 성명을 냈다.

김 의원은 "분양가 자율화 조치 이후 아파트 분양원가가 두 배 이상 뛰었고, 도시개발공사와 주택공사의 일부 분양원가 공개 당시 공기업인 이들조차 30~40퍼센트 이상의 이익을 남겼다는 주장은 분양원가 공개 요구에 대한 정당성을 확인하는 것"이라며 "공공주택 공급은 서민을 위한 공공재적 성격이 강한 만큼 공공주택의 분양원가를 공개하는 것을 전향적으로 검토하는 것이 마땅하다"고 지적했다.

그는 특히 "선거 당시 내건 공약, 특히 서민들의 삶과 직결된 민생 문제는 함부로 바꿀 수 없다"며 "국민이 받아들이지 않으면 어떤 형태로든 그 약속을 파기한 것에 대해 책임져야 한다"고 주장했다. 그는 재차 이것이 무너지기 시작하면 '공약公約은 공약空約일 뿐이다'라는 비아냥과 상실감을 어떻게 대처할 수 있는 것이냐"고 반문한 뒤, "국민과의 약속은 지켜야 한다"고 거듭 약속 이행을 촉구했다.

그는 더 나아가 "대통령의 언급에 대해 일각에서는 개혁의 후퇴라며 우리당과 대통령을 강하게 성토하고 있고, 일부에서는 시장 원리에 충실한 당연한 결정이라며 환영하고 있지만, 대다수 집 없는 서민들의 경우 대단한 실망과 허탈감에 휩싸여 있다는 점을 부인할 수 없다"며 "공공주택 분양가 문제와 같은 중요한 문제들은 계급장 떼고 치열하게 논쟁하자"며 그 유명한 '계급장 발언'을 했다.

하지만 노 대통령의 묵살로 논쟁은 성사되지 않았고, 원가 공개 공약은 결국 '없던 일'이 됐다. 노 대통령은 퇴임 후 가장 후회스런 실책으로 부동산투기를 잡지 못한 점을 꼽았다.

"하늘이 두쪽 나도 국민연금 지키겠다"

그해 7월 김근태 의원은 보건복지부 장관으로 발탁됐다. 하지만 얼마 되지 않아 또다시 충돌이 발생했다. 이헌재 당시 경제부총리가 '한국판 뉴딜'이란 이름 아래 국민연금을 동원해 주가를 띄우고 사회간접자본(SOC) 부동산 등에 투자하는 경기부양책을 밀어붙이기 시작했기 때문이었다.

국민연금 관리 책임자인 김근태 장관은 11월 19일 보건복지부 홈페이지에 '국민 여러분께 드리는 글'을 올렸다. 그는 "경제 부처는 보건복지부가 제대로 일할 수 있도록 뒤에서 조언하는 그림자 역할로 돌아가야 할 것"이라며 "경제 부처가 너무 앞서가는 것 같아 한마디 하지 않을 수 없다"며 이헌재 부총리를 질타하기 시작했다.

그는 "국민연금은 5,000만 국민의 땀의 결정체!"라면서 "알토란처럼 적금을 넣은 국민연금을 어떻게 사용할 것인가에 대해서는 좀 더 면밀한 검토와 토론이 필요하다"고 강조했다. 그는 연금 운용에서 중요한 것은 안정성, 수익성, 공공성의 3대 원칙이며, 이 중에서도 특히 안정성이 가장 중요하다는 점을 강조하며 대형 SOC투자나 주식투자 확대 등에 연금을 동원하는 행위는 용납할 수 없다고 단언했다. 그는 "국민연금이 어떻게 잘못되는 것 아닌가 하는 우려는 정말 기우에 지나지 않았다고 말할 수 있도록 해내겠다"며 "하늘이 두 쪽 나도 해내겠다"고 다짐했다.

김 장관의 국민연금 사수 선언에 정부는 발끈했다. 하지만 선배 보건복지부장관이었던 김종인 당시 민주당 의원은 며칠 뒤인 11월 29일 국회 보건복지위 전체 회의에서 "김 장관이 스스로 소신을 밝혔을 때 굉장히 다행이라는 느낌을 받았다"며 "경제 부처의 묘한 논리가 많은 상황에서 장관이 연금을 많이 방어하고 지켜 줘야 나중에라도 '김근태 장관이 연금을 구출했다' 는 역사적 평가를 받을 수 있을 것"이라며 김 장관을 극찬했다.

김종인 의원은 이어서 "지금 연금 기금이 2037년도까지 1천7,000조 원이 쌓이니 대한민국에서 공룡처럼 커지고 모든 관심, 특히 경제 부처의 관심을 받게 돼 예전 연금을 만들 때 발생한 논법이 그대로 반복되고 있다"며 이헌재 경제팀을 질타한 뒤, "앞으로는 이처럼 확고한 신념을 가진 이가 복지부 장관을 할 수 있을지 의문"이라며 거듭 김 장관을 칭찬했다. 칭찬에 인색하기로 유명한 김종인 의원의 최고 극찬이었다.

실제로 김근태 장관 이후의 보건복지부 장관들은 앞다투어 주식투자 한도를 늘리는 방식으로 국민연금을 증시 부양 수단으로 사용했고, 지금에 와선 '외국인 전용 현금지급기' 라는 비판을 받기에 이르렀다. 김 의원이 예견했듯, 김근태만한 보건복지부 장관이 나오지 않았던 것이다.

뉴타운 광풍과 그의 낙선

김근태는 군사 독재정권 시절에 온몸으로 민주화 투쟁을 이끌어 왔고, 진보진영의 집권기에도 오직 '서민'과 '국민'이란 잣대로만 외로운 길을 걸어왔다. 그러다보니 그는 권력세계에서는 언제나 '미운 오리새끼'였다.

그러던 그가 지난 총선 때 서민들이 많은 도봉 갑에서 어이없게도 뉴라이트 출신의 신지호 한나라당 후보에게 패했다. 신 후보가 내건 '뉴타운 개발 공약' 때문이었다. 뉴타운이 개발되면 떼돈을 벌 것이란 지역민들의 광적인 착각이 그를 낙마시킨 것이다.

명진 스님이 이명박정권을 질타하면서 반드시 하는 말이 있다. 이명박정권을 탄생시킨 우리 시대의 '탐욕'도 반성해야 한다는 쓴소리다. 어쩌면 지금 '김근태 선생'의 위중함은 이 같은 자성을 더욱 채찍질하는 마지막 '국민 봉사'인지도 모른다. 그러기에 김근태 선생은 다시 일어서야 한다. 그가 평생 사랑해 온 서민과 국민이 그에게 속죄할 기회를 줘야 하지 않겠는가.

이 글은 '뷰스앤뷰스' 2011년 12월 29일 자에서 옮겨 실은 글입니다.

謹弔 김근태:
그만한 정치인을
보지 못했다

신정록 | 조선일보 정치전문 기자

그는 만날 때마다 마음을 우리하게 만드는 사람이었다. 그 모진 고초를 겪은 사람의 눈이 어찌 저리 따뜻할까, 싶은 생각이 들게 하는 사람이었다.

김근태는 정치하는 내내 '기자들이 뽑은 대통령감'에서 여야를 통틀어 2위 밑으로 내려간 일이 없었다. 그는 많이 알았고, 깊이 알았다. 세상 이치를 꿰는 능력이 있었고, 그걸 풀어내는 말에도 조리가 있었다. 세상일이 직선으로만 가지는 않는다는 점도 잘 아는 듯했다. 운동권 출신에게 있기 쉬운 도덕적 오만, 타인에 대한 공격성 따위를 그에게서는 찾아볼 수 없었다. 얼치기 진보주의자들의 전매특허인 편 가르기나 배타성도 보이지 않았다. 상대방 얘기를 잘 들었고, 자기와 생각이 다르면 "자, 우리 한번 얘기해 보세"라고 했다.

그러면서도 자기 정치노선에 바탕해서 해야 될 얘기는 강하게 했다. 요즘 민주통합당 사람들이 구차하게 입장을 바꾼 한-미 FTA에 대해 노무현 정권 시절부터 명확하게 반대하고 단식까지 한 사람은 그가 거의 유일했다. FTA에 대한 찬반을 떠나, 야권의 '반反 FTA 노선'을 이끌 자격이 있는 사람은 김근태뿐이다.

그런 김근태에겐 큰 약점이 있었다. 이익 기피 증세였다. 그것도 중증이었다. 바로 눈앞에 떡이 있어도 제 입으로 가져가지 못하는 사람이었다. 주변 정치인들이 그를 존경한다면서도 불편해한 부분이었다. 그는 선동도 하지 못했다. 상대방과 대화하고 동의를 얻기 전에는 밀어붙이지 못하는 사람이었다. 고문 후유증이었는지 몰라도 연설도 잘하지 못했다. 한마디로, 천성이 내지르지 못하는 사람이었다.

김근태의 뼈아픈 눈물을 본 일이 있다. 2002년 3월 10일 울산종합체육관 브이아이피VIP 대기실이었다. 민주당의 대선 후보 경선 둘째 날 결과가 발표된 직후, 후보들이 있던 브이아이피 대기실을 스케치하기 위해 들어갔다. 첫째 날 제주 3위에 이어 울산에서 1위를 한 노무현 후보는 득의만면한 표정으로 축하를 받고 있었다. 제주 2위, 울산 3위를 한 이인제 후보는 대세론에는 상처를 입었지만, 표정은 괜찮았다. 한쪽 구석에 앉아 있는 김근태 후보가 눈에 들어왔다. 그의 옆엔 아무도 없었다. 제주에서 단 16표로 꼴찌인 7위, 울산에서 10표로 더 내려가 또 7위, 종합해서 까마득한 꼴찌였다. 정동영, 한화갑은 물론 김중권, 유종근한테도 뒤지는 결과였다. 그의 옆에 다가갔지만, 말도 걸지 못했다. 세상의 끝까지 갔다 온 김근태의 눈에서 눈물이 흘러내리고 있었다. 그는 다음 날 후보를 사퇴했다.

2007년 대선 후보 경선을 앞둔 텔레비전 토론 녹화 자리에서였다. 프로그램 보조자가 김근태에게 고개를 똑바로 들고 카메라를 정면으로 응시해 달라고 요청했다. 그 뒤로도 채근이 몇 번 이어졌다. 그가 "안 되는 걸 어떻게 하라는 거야!" 하고 소리쳤다. 그가 화내는 모습을 본 것은 처음이었다. 그는 고문 후유증으로 고개가 항상 삐딱하게 기울어 있었다.

　김근태가 갔다. 그는 큰 권력을 향유하지도 못했고, 정치 현실을 바꾸지도 못했다. 그러나 사람들은 그를 한국의 민주주의를 위해 기여한 사람으로 기억할 것이다. 여기에 기자는 "그만한 정치인을 보지 못했다"는 말 한마디를 덧붙이고 싶다.

이 글은 '조선일보' 2012년 1월 2일 자에서 옮겨 실은 글입니다.

김근태,
'반독재 20년' 만큼
치열했던 정치 역정

윤태곤 | 프레시안 기자

투사는 많다. 민주통합당이나 통합진보당에도 많을 뿐더러 119에 전화를 걸어 비상근무자에게 "나는 경기도 도지사요. 이름이 누구요?"라고 따져 물은 김문수 경기도지사를 비롯해 한나라당에도 수두룩하다.

그들의 현재가 어떻든 간에, 말 그대로 목숨 걸고 군사 독재와 싸운 이들은 존중받아야 한다. 하지만 독재가 무너진 뒤 그들 중 다수는, 그들이 받아 마땅한 존중을 스스로 걷어차 버렸다. 한나라당에 몸담은 이들만 그런 게 아니다. 이른바 '민주정부' 10년 동안 "세상이 바뀌었다.", "정치란 게 말이지"를 입에 달고 다니던 이들이 많다.

부동산 값이 들썩거리는 것을 "이제 경기가 풀린다"고 해석하던 사람들, 특목고를 풀거나 대학 등록금이 기하급수적으로 올라가게 해놓고선 "교육도 경영 마인드가 필요하다"던 사람들, 한-미 FTA에 대한 합리적인 비판을 짓밟으며 "쇄국정책 하자는 말이냐"고 눈에 쌍심지를 켜던 사람들, "조중동에서 중앙은 빼야지"라던 사람들이 그렇단 말이다. 이들 중 또 상당수는 이제 "다른 말 필요 없다. 반反 이명박이 이 시대의 진보다. 우리가 다시 집권해야 한다"고 외치고 있다.

그래서 김근태의 빈자리가 크다. 김근태의 아픔이 더 아프다. 김근태는 여당 잘하기 위해 그 누구보다 더 고민하고 노력하고 부딪치던 사람이기 때문이다.

2002년 민주당 대선 후보 경선 때, 김근태는 뜬금없는 양심선언을 했다. "2년 전 최고위원 경선 때, 실세인 권노갑 씨로부터 불법 정치자금을 받았다"는 것이었다. 한때는 너나없이 권노갑 돈 마다하지 않던 대선 주자들 모두가 동교동과의 차별화를 시도할 때 나온 바보 같은 고백이었다. 김근태가 낸 "이런 일이 다시는 없도록 하자"는 제안에 대해선 반응이 없었다. "혼자 깨끗한 척한다", "바보"라는 비아냥이 동료 의원들에게서 나왔을 뿐이다.

탄핵 열풍으로 열린우리당이 과반의석을 획득한 2004년 총선 후 노무현 대통령이 "아파트 분양원가 공개는 개혁이 아니라고 생각한다. 이것은 대통령의 소신"이라며 "장사하는 것인데, 열 배 남는 장사도 있다"면서 아파트 분양원가 공개라는 열린우리당 총선 공약을 부인하자, 김근태 의장은 "계급장 떼고 논쟁해 보자"고 결기를 세웠다. 하지만 노 대통령은 모른 척했고, 김근태의 운동권 후배였던 다른 여당 의원이 "나같이 밑에 있는 사람과 토론하자"고 치받았다.

원내대표 시절 김근태는 이라크 파병에 반대했지만, 역시 또 운동권 후배들이 "청와대와 정부가 정했는데 당론으로 밀어야 한다"고 그를 흔들었다.

김근태를 흔들던 이 가운데 일부가 국회 표결 때는 '개인 소신'이라며 자기는 반대표를 던진 것이나 지금은 진보정당에 가 있는 것은 블랙코미디에 가깝다.

2006년 5·31 지방선거 참패 이후 처음으로 당권을 쥔 김근태는 사회적 대타협을 내걸고 전경련, 민주노총 등을 연달아 방문하며 '뉴딜 정책'을 추진했다. 하지만 그때도 '누구 마음대로 그런 약속을 하느냐'는 싸늘한 반응은 여권에서 나왔다.

지금 민주통합당 대표 경선에 나섰던 이들 중 상당수가 청와대와 보조를 맞췄던 한-미 FTA, 김근태 '의원'은 그때도 "나를 밟고 가라"고 맞섰지만, 결과는 모두가 아는 대로다. 여당 정치인 김근태는 늘 "나는 미국식 신자유주의에 반대한다"고 말했지만, "세상 모르는구만!"이라거나 "역시 김근태는 안 된다니까!"라는 소리는 그의 동지들에게서 나왔다.

몇 안 되지만 소중한 성공의 기록도

'여당 정치인' 김근태가 '반대의 기록'만 남기고 항상 실패만 한 것은 아니다. 김근태가 제 몸을 밀어 넣으며 막아서도 신자유주의의 바퀴는 대체로 굴러갔지만, 때론 멈춘 적도 있다.

대통령부터가 "감전된 것 같다"고 극찬하고 정부와 여야 정치권의 '묻지마 지원'이 이어지던 '황우석 박사 줄기세포 연구'에 대해 신중론을 펼쳤던, 몇 안 되는 고위 인사가 바로 '김근태 장관'과 '문재인 시민사회 수석'이었다. 김근태는 이후 '프레시안'과의 인터뷰에서 "나는 진실이 국익에 우선한다고 이야기했다가 네티즌들에게 몰매를 맞았다"고 회고했다.

김병준, 황우석, 노성일(미즈메디 병원 원장), 이상호(우리들 병원 원장) 등 노 대통령의 총애를 받던 인사들이 포진한 의료산업선진화위원회에서 영리병원 도입의 저지선 역할을 했던 것도 '김근태 장관'이었다.

김근태가 앞장서 2007년에 개정한 지방세법도 마찬가지다. 한나라당과 강남 주민의 반대를 무릅쓰고 통과시킨 법이었다. 공동과세를 통해 강남의 세수를 강북에 지원할 수 있게 만든 이 세법은 서울시에 소득 재분배 기능을 도입한 획기적인 법안이다. 김근태 지역구이던 도봉구만 따져도 1년에 200 억 원의 추가 세수가 들어왔다. 다른 강북 지역에서도 생명수나 다름없었다.

여당 정치인 생활 10년 동안 실패와 좌절은 많았고, 성공은 적었다. 그래도 김근태의 반독재 투쟁 20년만큼이나 여당 생활 10년도 존중받아야 한다고 생각한다.

'김근태 빠'라는 말을 들어 본 적이 있는가?

하지만 이런 것들이 대중적 인기로 연결되진 못했다. '김근태 빠'라는 말을 들어 본 적이 있었던가?

18대 총선을 이틀 앞둔 2008년 4월 7일 김근태와 신지호가 맞붙은 도봉을 선거구를 돌아봤다. 김근태 사무실이나 홈페이지, 홍보물에는 지방세법 개정안이나 영리병원 저지 같은 건 안 보였다. 대신 "법조 타운을 유치했습니다", "학교를 지었습니다", "뉴타운을 건설하겠습니다" 같은 차별성 없는 공약만 넘쳐났더랬다. '왜 그런지' 까닭을 물으니, 김근태 측근들은 "사람들이 관심이 없다. 뉴타운이나 특목고가 아니면 안 먹힌다"고 고개를 가로저었다. 신지호는 "여당 정치인인 내가 뉴타운도, 삼성 계열사도 유치하겠다"고 자신 있게 말했다. 신지호는 당선되고, 김근태는 낙선했다. 물론 도봉을에 뉴타운이나 삼성 계열사가 간 것은 아니다.

그러고 나서 김근태는 투병에 들어갔다. 지난 6·2 지방선거 당시 김근태는 딱 한 번 모습을 드러냈다. 박원순의 도봉 지역 유세에 함께했던 것이다. 초췌한 모습으로 손을 한 번 흔들었을 뿐 제대로 말도 하지 못했다. 김근태 측근들은 "사진은 내지 말아 달라"고 언론에 협조를 요청했고, 거의 모든 언론이 그 부탁을 받아들였다.

한 표 달라기 전에 김근태와 자신을 비교해 보길

정치 활동을 활발하게 할 때도 김근태는 늘 손수건을 들고 다녔다. 물고문을 받을 때, 고춧가루 탄 물을 코로 너무 마셔서 만성 비염을 달고 살았던 것이다.

언젠가 김근태가 "나는 정치에 안 어울리는 사람인가 싶을 때도 있다"고 말한 적이 있었다. 김근태는 "2002년 (대선 후보) 경선 때 아홉 명이 한 줄로 앉아 있으면 한 명씩 차례로 나가서 연설을 하고 들어왔다. 차례로 나가서 뒤에 있는 사람들을 신나게 조지고 뒤돌아서선 웃으면서 악수하고 자리에 앉더라. 나는 신나게 조지지도, 웃으면서 악수하지도 못 하겠더라"고 털어놓았다.

자신의 회고대로 김근태는 최소한 한국 정치에는 어울리지 않는, 아니면 한국 정치에 어울리기엔 너무 맑고 곧은 사람이었을는지 모르겠다. 그러나 분명한 것은 김근태는 가장 높이 존중을 받아야 할 사람이고, 그런 사람이 성공하는 사회가 좀 더 나은 사회란 점이다.

민주통합당 당권 경쟁이 한참이다. 야권에서 2012년 4월 총선 금배지를 노리는 이들이 1,000명은 넘는다. 12월 대선을 꿈꾸는 사람들도 몇이 된다. 그 가운데에는 김근태 후배도 많다. 당권 주자 중에도, 서울시에도, 민주통합당에도 수두룩하다. 그들이 김근태를 보면서 "저래선 정치 성공 못 하지!"라고 생각할지도 모르겠다. 하지만 다들 김근태와 자기를 한 번씩 비교해 보길 바랄 따름이다. 예순네 살이면 아직 이른 나이, 김근태의 죽음이 더욱 안타깝기만 하다.

이 글은 '프레시안' 2011년 12월 30일 자에서 옮겨 실은 글입니다.

좋은 정치인, 김근태가
우리에게 남긴
무거운 숙제

이남주 | 성공회대학교 교수

근태 형. 1980년대 학생운동을 거친 우리는 나이 차이가 스무 살 가깝지만, 그를 '근태 형'이라 불렀다. 선배들이 사용하는 호칭 '형'이 그대로 우리 입에 붙었던 것이다. 이 어처구니없는 호칭에 대해 고인은, 당신 후배들에게는 꼬박꼬박 '선생님' 대접을 하면서 자신에게는 '형'으로밖에 대접하지 않는다는 불만을 토로하기도 했다. '형'이라는 호칭은 그가 정치권에 들어간 이후 의원, 장관, 의장 등을 거치는 동안 자연스럽게 역사의 뒤안길로 사라져갔다.

사회관습으로는 어색한 '형'이라는 호칭은 기득권을 포기하고 투쟁의 현장을 지켰던 그에게 수여된 훈장이었다. 그 호칭이 사라진 뒤에도 형과 동생으로 맺어진 정서적 유대는 사라지지 않고 계속되었다. 우리가 그를 보내는 것을 더 힘들게 만드는 이유이기도 하다. 이러한 심정은 조문과 장례식을 거치며 이미 여러 사람들이 보여 주었다.

그러나 쉽게 내려놓기 어려운 마음의 짐이 여전히 남아 있다. 이는 고인의 숭고한 뜻과 작금의 정치, 사회적 현실 사이의 낙차에서 비롯된 것은 아니다. '근태 형'과 우리, 적어도 필자와의 인연이 그리 순탄했다고만 할 수 없었다는 사실이 이제는 갚을 길 없는 마음의 부채가 되었다.

세대를 뛰어넘은 끈끈한 인연에도 불구하고 우리는 김근태의 정치를 힘껏 지원하지는 못했다. 그것이 고인의 정치 역정에 대한 재평가가 이루어지고 있는 시점에서 가장 안타까운 점이다. 물론 고인이 죽음에 이르기까지 시종일관 그의 가까운 벗이 되어 주었던 사람도 있지만, 우리 세대의 많은 사람은 이러한 회한을 떨치기 어려울 것이다. 물론 우리보다 김근태와 더 가까운 세대에게도 이러한 회한이 없을 리 없다. 왜 이렇게밖에 하지 못했을까, 그것이 최근 며칠 동안 머릿속을 떠나지 않은 질문이었다.

이 물음에 대해 얻은 답 가운데 하나는 그가 좋은 정치인이었기 때문이라는 것이다. 좋은 정치인이라는 점이 정치적으로 다른 사람들과 가까워지기 어렵게 만들었다는 이 역설이 우리 정치의 현실이자 비극이다. 예를 들어, 그는 지연과 같은 현실적으로 매우 중요한 정치적 자산에 의존해 정치를 하려 하지 않았다. 이러한 주장에는 그가 경기도 출신으로 이렇다 할 지연을 갖기 어려웠다는 반문이 제기될 수 있다. 그런데 몇 년 전, 필자와 가진 개인적인 자리에서, 고인은 국민의정부 출범을 전후로 동교동계 실세로부터 자신과 힘을 합쳐 정치를 이끌어가자는 제안을 받았는데, 유혹적이었지만 이는 자신이 추구하는 정치와 거리가 있기 때문에 거절했다고 회고했다.

당시 정치권에서 김근태만한 개혁의 상징성을 갖는 정치인이 드물었다는 점을 고려하면 가능한 제안이라고 생각한다. 그러나 고인은 낡은 방식의 정치에 갇혀 있을 수 없다는 결심에 이 유혹을 과감하게 뿌리쳤던 것이다. 그렇지만 정치적 결과는 가혹했다. 지역이라는 뿌리가 약한 정치인은 큰판의 경쟁에서 불리할 수밖에 없고 경쟁에서 뒤처지면서 알게 모르게 김근태에 대한 기대감도 약해졌다.

그에게 붙은 '여의도의 햄릿'이라는 달갑지 않은 별명도 사실은 좋은 정치인으로서의 면모를 보여 주는 것이다.

우리 정치에서 선명하고 환상적인 구호들이 얼마나 난무해 왔는가? 그러나 이러한 선명한 구호들이 문제 해결에는 도움이 되기보다 문제를 악화시키는 경우가 더 많았다. 우리 정치가 직면한 많은 문제들은 그리 선명한 답을 갖고 있지 않다. 답을 찾아 나가는 과정에는 많은 고민이 필요하다. 이는 용기의 부족이 아니었다. 가장 엄혹한 시절을 칼날이 되어 맞섰던 김근태에게, 누가 용기의 부족을 말하겠는가. 그러나 우리는 고민을 함께하기보다는 조바심을 내는 경우가 많았고, 그 조바심은 우리와 그 사이에 또 다른 벽을 만들었다.

지금도 "좋은 정치인이 정치적으로 성공할 수 있는가"라는 물음에 선뜻 "그렇다"라고 답하기는 어렵다. 선거의 해, 그리고 역사의 전환점에서 김근태가 우리에게 남긴 무거운 숙제이다.

이 숙제를 해결할 때, 고인도 하늘에서 모자란 동생들을 용서하고 환하게 웃을 것이다.

이 글은 '경향신문' 2012년 1월 6일 자에서 옮겨 실은 글입니다.

생각과 행동이 일치한
드문 사람, 그가
할 일 아직 많건만

이명재 │ 부천 실로암교회 목사

어제(12월 29일) 언론에 오보誤報가 있었습니다. 가슴을 쓸어 내렸습니다. 그러면 그렇지, 그럴 수는 없지! 저는 그 참에도 딴 생각에 일부러 젖어 보았습니다. 왜 잘못 전해진 '죽음' 소식은 그 사람을 더 오래 살게 한다는 속설이 있잖아요. 저는 김근태 선배를 억지로 그런 범주에 넣어 생각했습니다. 이유는 분명했습니다. 그가 아직 세상을 뜰 때가 아니었기 때문입니다. 64세의 연치年齒는 이 세상과 이별하기에 너무 아까운 나이입니다. 지금은 의학의 발달로 100세 인생을 운위할 정도가 아닙니까. 아니, 그것보다도 그가 우리를 위해 한 일들이 너무 크게 자리 잡고 있기 때문입니다. 그가 없었다면 이 땅의 민주화도 지금보다 많이 지체되었다면 과찬이 될까요?

1970년대 말에서 80년대를 지나 90년대에 이르기까지, 김근태 선배는 운동권 후배들에겐 거목으로 우뚝 서 있었습니다. 우리의 나침반 역할을 했습니다. 박정희 정권을 이어 전두환 군사 독재 정권이 철권을 휘두르고 있을 때에도 불의를 향한 그의 발걸음은 멈추지 않았습니다. 그는 운동가로서의 소양을 두루 갖추고 있었습니다. 지금 돌이켜 보아도 아주 드문 이였습니다.

인성과 덕성 그리고 지성에 합당한 논리까지. 하지만 저는 무엇보다 그의 넉넉한 덕성을 높이 평가합니다. 어려운 상황에 처한 후배들에게 늘 포근한 마음을 베풀며 다독거리기를 쉬지 않았습니다.

그는 운동가의 살아 있는 증인이요, 모델이었습니다. 1983년 중반 그 엄혹하던 시절, 민주화운동청년연합(민청련) 결성은 본격적인 조직 운동의 시발始發이었습니다. 학생운동을 하다가 감옥에 잡혀가고 더 의식이 강고해져서 나온 청년들 중심으로 조직한 운동 단체가 바로 민청련이었습니다. 독재와 불의 그리고 부패에 대한 그들의 문제 제기는 얼어붙은 이 땅을 녹이는 훈기 역할을 했습니다. 그 단체를 결성해서 초대 및 2대 의장을 지낸 이가 바로 김근태 선배입니다. 그가 주위 선후배들에게서 신망과 존경을 받게 된 것은 생각과 행동을 일치시켜 실천으로 옮긴 데 있다고 할 것입니다. 그는 운동권에서도 언행이 일치하는 몇 안 되는 활동가로 통했습니다. 그는 세상을 뜰 때까지 그 고삐를 놓지 않는 치열함을 우리에게 보여 주었습니다.

지금 생각하니 마음의 상처가 다시 되새겨집니다. 1987년 대선 국면은 운동권 전체에 심한 몸살을 안겨 주었습니다. 하지만 김근태 선배의 아픔은 그 누구보다 컸을 것입니다. 운동 노선 투쟁이라는 말로 포장들을 합니다만, 저는 솔직히 정치권에 종속된 운동권의 유약성을 그대로 드러낸 진흙탕 싸움의 측면이 없지 않았다고 생각합니다. 아시다시피 그때 운동권이 대선에 임하는 입장은 크게 세 가지였습니다. 비판적 지지, 후보 단일화, 독자후보론이 그것입니다. 마음에 차지는 않지만, 상대적으로 운동권과의 동질성이 가깝다고 판단되는 김대중 후보를 비판적으로 지지하자는 주장이 '비판적 지지론'입니다.

6월 항쟁으로 대통령 직선제를 받아들인 군부가 쇠퇴하는 와중이라고 하지만, 군 출신 후보 노태우를 꺾기 위해서는 김대중, 김영삼 양 김이 후보 단일화를 이루어야 승산이 있다고 보고 무조건 두 사람 중 하나로 단일화해야 한다는 주장이 '후보 단일화론'입니다. 마지막으로, 민중 후보를 독자적으로 낼 때이며 적임자로 백기완 후보를 내세워 그를 지지하자는 주장이 '독자후보론'이었습니다.

그때 김근태 형은 감옥에 있으면서 '비판적 지지론'을 논리적으로 옹호하며 주장했습니다. 당시 지역과 부문을 가맹 단체로 거느리고 있던 민주통일민중운동연합(민통련)의 서울지부 격인 서울민통련에서 활동하던 저를 비롯한 일부 회원들이 민통련을 탈퇴하고 서울민중연합을 조직해서 후보 단일화 운동을 관철하려고 했습니다. 그러니까 김근태 선배와는 노선을 달리하고 있었습니다.

김근태 선배는 그래도 포기하지 않고 주어진 주관적, 객관적 조건에서 비판적 지지가 운동권이 택할 노선이라며 후배들을 설득했습니다. 그는 영어囹圄의 몸이었는데도 면회 오는 사람들에게 '비판적 지지론'을 전하기에 여념이 없었습니다. 그는 비판적 지지의 전도사를 자처하는 듯 보였습니다. 어느 노선이 옳은 것이었는지 타산하는 데는 고도의 운동 및 정치 셈법이 요구됩니다. 저는 그때 김 선배와 노선을 달리한 것에 대해 인간적인 미안함을 지금도 갖고 있습니다. 그 일을 계기로 소원하게 지내게 된 것은 저의 좁은 마음의 결과임을 고백하지 않을 수 없습니다.

김 선배는 인간의 한계를 초극超克한 사람입니다. 운동권 사람들에겐 공공연한 비밀이었던 '고문'을 만천하에 폭로한 사람입니다. 그는 민청련 활동으로 구속되어 재판을 받을 때, 공개적인 운동 단체에 몸담은 정당성을 항소이유서에 담았습니다. 덧붙여 운동권 인사들에겐 '저승사자'로 알려져 있던 고문 기술자 이근안을 공개적으로 거명하며 정부의 불법과 부당성을 폭로했습니다. 이 사실이 전 세계에 알려져 세계가 그의 석방을 탄원하게 했습니다. 이 명문의 항소이유서가 그 뒤 「남영동」이라는 책으로 출간되었습니다.

김 선배의 별세 소식이 알려지자 동시에 '이근안'이라는 이름도 검색 순위 상위에 랭크되고 있다는군요. 이근안이 목사 안수를 받고 목회를 한다는 말에 같은 목사로서 여러 가지 생각이 교차됩니다. 아무리 큰 죄인이라도 하나님이 부르시면 그 일을 할 수 있는 것일 테지만, 철저한 회개와 거듭남이 전제되어야 하는 것입니다. 하지만 이근안은 민주 인사들을 고문하며 자백을 받아 낸 것을 애국적 행위라느니, 고문은 하나의 예술이라는 따위의 뚱딴지 같은 얘기를 하고 다닌답니다. 김 선배 앞에 목회자의 한 사람으로서 얼굴이 화끈거려 몸둘 바를 모르겠습니다.

민주화가 어느 정도 진척을 보이고 있다지만, 아직 사회 곳곳에서 독재의 잔재들이 꿈틀대고 있습니다. 시대를 거스르려는 시도들이 여기저기서 산견散見되고 있습니다. 이런 보수 세력의 움직임에 민주 진보 세력은 통합으로 대응하고 있습니다. 이 통합 작업에도 김근태 선배가 숨은 공을 세웠다는 것을 알 만한 사람들은 다 압니다. 2012년 4월 총선과 12월 대선에 민주민족 세력이 단일 대오를 형성해서 보수 극우 세력에 승리해야 합니다. 김 선배의 지도력이 절실한 때, 그는 우리 곁을 훌쩍 떠나 버리고 말았습니다. 김근태 선배를 잃은 인간적인 슬픔도 크지만, 이 땅의 민주화와 통일 운동에 밀알 역할을 하고야 말 그분을 잃은 아픔이 더 큽니다.

생을 가늘고 길게 산 사람이 있는 반면, 짧으면서도 굵게 산 사람도 있습니다. 후자의 삶을 사회에 기여한 가치로운 삶이라고 말들 합니다. 64세의 길지 않은 삶을 살다 간 김근태 선배는 후자의 삶을 산 사람에 속할 것입니다. 그가 못 다한 일은 우리의 과제로 넘겨졌습니다. 남은 자들이 더욱 분발해야 할 것입니다. 무엇보다도 분열보다는 통일을, 이기利己보다는 이타利他를, 강자 중심보다는 약자와 더불어 살아가는 방향으로 우리의 힘을 모아야 할 것입니다. 그것이 김근태 선배의 유지를 받드는 길이 될 것입니다.

한 친구가 김근태 선배의 부음을 알리는 전화를 해 왔습니다. 5일장의 '민주주의자 김근태 사회장'으로 장례 일정이 잡혔다고 합니다. 김근태 선배를 고인으로 불러야 한다는 것이 마음 아픕니다. 지방에 살면서 안부도 자주 묻지 못하고 산 것이 회한으로 남습니다. 인재근 형수님과 두 자녀에게 심심한 조의를 표합니다. 그리고 김근태 선배의 가열 차면서도 따스함을 잃지 않은 삶에 삼가 경의를 표합니다. 고문과 고통이 없는 천국에서 안식을 취하시기를 기도합니다. 아, 사랑하는 김근태 선배님!

이 글은 '오마이뉴스' 2011년 12월 31일 자에서 옮겨 실은 글입니다.

스스로의 선택으로
'거절된 자'의 길을 간
김근태

이해학 | 성남주민교회 목사

점심 밥상을 막 받은 자리에서 위독하다는 전화를 받았다. 김근태는 아직
다 건너지 못한 바다의 마지막 노를 젓듯 거친 숨을 몰아쉬고 있었다. 모두
근심에 찬 얼굴로 중환자실 앞에서 웅성거리고 있을 때, 강금실 전 법무장관
이 "참 슬퍼요!" 하고 외마디를 던졌다.

내 머릿속에서는 불쑥 '거절된 자(refusenik)'라는 말이 튀어나왔다. 광야
를 헤치며 40년 동안 달려온 약속의 땅을 눈앞에 두고 입국이 거절된 모세.
김근태는 이 땅의 수많은 거절된 자들과 함께 2012년 문턱에서 하늘의 부름
을 받았다.

사람들은 그가 고문 기술자에게서 당한 아픔을 들추어내고 불의한 권력을
성토함으로써, 그의 죽음을 위로하고 그가 살아 낸 세월을 기억하려고 한다.
그러나 나는 그렇게 생각하지 않는다. 그는 고문 피해자로만 설명될 수 있는
사람이 아니다. 그를 가장 잘 설명하는 말은, 그가 거절된 자의 길을 스스로
선택했다는 것이다. 그는 폭압적인 권력 앞에서 민주주의와 평화를 말함으

126 김근태, 당신이 옳았습니다

로써, 지금까지도 거절당한 사람이었다.

그가 받은 고문, 정치인으로서 받은 조롱과 좌절은 이미 그의 관심사가 아니었다. 그는 그런 것에 집착하지 않고 자신의 길을 산 사람이다. 학생운동과 1970년대 장기 수배 이후 맨 먼저 찾아간 곳이 인천근로자센터였다. 그곳에서 조화순 목사와 함께 그는 자신이 가야 할 길을 스스로 선택한 사람이다. 땅에서 하늘로 이어지는 좁은 길을 붙들고 구도자같이 고뇌에 찬 길을 조심스럽게 잘 걸어갔다.

그는 자신이 받은 개인적인 모멸과 능욕에 머물지 않았다. 그가 자기만의 수치와 능욕을 사회 공동체의 과제로 전환하지 않았다면, 그는 과거의 부스러기를 먹고 사는, 그렇고 그런 정치인이었을 것이다.

아이러니하게도, 인간의 비극은 거절된 자들에 의해서만 역사가 변혁된다는 점이다. 거절된 자들이 죽어야 사람들은 비로소 그들의 절규를 가슴에 담는다. 그가 말한 민주주의와 평화는 자신의 삶을 먹물 삼아 이 역사에 깊게 새겨 놓은 이정표이다.

그는 몸을 쉽게 움직이지 않았다. 많은 이들이 인기 잃은 민주당에서 발을 빼고 열린우리당으로 재빨리 몸을 담글 때, 그는 마지막 순간까지 '이것이 올바른 선택인가, 정당정치체제에서 정당이 이래도 되는 건가'를 두고 고뇌했다. 그는 당시 여당이 이라크 파병을 강행할 때, 본인이 가진 평화와 공존의 신념과 한국의 국제정치 위상 사이의 불일치 앞에서 한없이 고뇌하고 망설였다.

그가 대통령에게 아파트 분양 원가 공개에 대해 "계급장 떼고 토론하자"고 한 말은 치기 어린 하극상이거나 인기를 얻기 위함이 아니었다. 그는 자칫 우리의 민주주의가 정치 기술자들의 머리에서 디자인되는 것이 갖는 위험성을 우려했다. 그는 얄팍한 정치꾼들이 현란한 수사로 권력을 잡고 유지할 수 있을는지는 몰라도 그것이 국민의 삶과 영혼을 위로해 주지 못한다는 것을 우려하였다.

그의 꿈이 2012년과 닿아 있는 것은 바로 이 지점이다.

그는 지금은 아무나 얘기하는 정당정치와 시민정치를 어떻게 결합할 것이냐를 고민했던 몇 안 되는 인물이다. 의회민주주의가 직접민주주의에 근거하지 않을 때 맞이하게 될 불행과 패배를 예감한 사람이다. 고난의 행진을 통해 거미줄처럼 형성된 전국의 시민활동가 네트워크가 아무 쓸모가 없어진 상황을 보면서, 그는 거절된 자의 참담함을 느꼈다.

'밖에 있는' 사람들이 아니라, '안에 있는' 사람들을 향해 "우리는 그러면 안 된다, 우리까지 그런 정치 하면 안 된다"고 외롭게 외치다 지친 사람이다. 2012년을 대망하면서 많은 이들이 이 이야기를 되뇌고 있다.

우리에겐 거절된 자들이 많다. 건국의 문턱에서 김구, 민주화의 문턱에서 장준하, 통일의 문턱에서 문익환. 그리고 이제 많은 이들이 시민의 힘과 지혜만이 이 땅에 사는 사람들의 미래를 개척할 수 있다고 각성하고 직접 행동하기로 작정한 지금, 김근태는 거친 숨을 멈추었다. 그러나 마틴 루터 킹의 꿈이 실현되어 가듯, 이집트 노예의 꿈이 사백 년이나 기다린 끝에 성취되었듯, 지하수같이 흐르고 있는 민주주의와 평화를 향한 그의 꿈은 세계의 꿈쟁

이들과 만날 것이다.

그는 이 땅에서 거절된 자이다. 세상은 이런 사람들을 받아들일 만한 곳이 못 되었다(히브리서 11:38). 그가 떠난 지금, 세상은 그를 받아들일 만한 곳이 되었는가?

이 글은 '경향신문' 2012년 1월 3일 자에서 옮겨 실은 글입니다.

우리에게
김근태는
영원한 '희망의 근거'다

최경환 | 민청련동지회 회장

1986년 나는 김근태 선배와 강릉교도소에서 함께 있었다. 나는 1986년 5월 민청련 회원들과 함께 서울 종로2가 YMCA 앞에서 '광주학살원흉처단국민대회' 시위를 주동하여 10개월 징역형을 받고 강릉교도소에 수감되었다.

'민청련 사건'으로 수감된 김 선배는 이미 강릉교도소에서 감옥 생활을 하고 있었다. 김 선배는 남영동 치안본부 대공분실에서 살인적 고문을 당한 뒤 계속 수감생활을 하고 있었다. 당시 강릉교도소에는 미문화원 사건(1985년 5월 서울 시내 소재 5개 대학 학생 73명이 미국문화원을 기습 점거 농성한 사건)으로 수감된 학생들도 함께 있었다.

강릉교도소에 수감 중인 1986년 10월, 건국대 사건(건국대에서 '전국반외세반독재애국학생투쟁연합' 발족식에 경찰력이 투입돼 4일 동안 학생과 대치해 학생 1,290명이 구속된 사건)이 일어났다. 우리는 이 소식을 듣고 감옥에 있던 학생들과 옥중 투쟁을 결의하고 '옥중투쟁위원회'를 만들었다. 우리 가운데 나이가 많은 내가 옥중투쟁위원장을 맡았다.

우리는 별도의 사동에 격리돼 수감 중인 김 선배에게 옥중투쟁 계획을 은

밀하게 알렸다. 김 선배에게서 연락이 왔다.

"내가 먼저 새벽에 문짝을 차고 시작하겠다. 그것을 시작으로 함께하자."

후배들이 먼저 시작하다가는 '먹방(징벌방)' 수감 같은 불이익을 받을까 염려한 김 선배의 배려였다. 우리는 새벽에 김 선배의 행동, 신호를 기다렸다. 새벽, 문짝 차는 소리가 울렸다. 쿵… 쿵…. 조용하던 강릉교도소 옥사에서 순식간에 큰 소동이 벌어졌다. 우리는 모두 일어나 문짝을 차며 구호를 외쳤다. 다른 일반 재소자들도 함께했다. 그리고 7일 동안의 단식에 들어갔다.

김 선배는 이런 분이었다. 전두환 독재에 정면으로 맞서 1983년 민청련을 조직해 공개적으로 싸웠다. 의장에 취임해 앞장서 투쟁했다. 김대중 대통령 말처럼 김 선배는 "말해야 할 때 먼저 말하고 실천해야 할 때 먼저 실천한 행동하는 양심"이었다.

전두환 독재에 몸 던져 저항한, '행동하는 양심' 김근태

김근태 선배는 1983년, 서른일곱 살 때 민청련을 창립하고 의장에 취임했다. 민청련은 독을 품은 두꺼비를 상징으로 내세웠다. 몸속에 알을 밴 두꺼비는 뱀을 찾아가 싸움을 건다. 그리고 잡아먹힌다. 두꺼비는 자신은 죽음과 동시에 제 몸속에 든 독으로 뱀을 죽이는 것이다. 그리고 죽은 두꺼비가 낳은 알들은 뱀을 자양분으로 삼아 부화하게 된다.

김 선배는 민청련을 조직하고 의장에 취임하고 나서, 맨 앞에 서서 전두환 독재에 저항해 자신의 몸을 던졌다. 뱀에게 잡아 먹혀 뱀을 자양분으로 알을 키우는 두꺼비가 되고자 한 것이다. 실제로 민청련 창립 이후로 노동, 농민,

시민사회, 학생, 종교 등 각 분야에서 속속 민주화운동 조직이 만들어졌다. 그리고 그것은 마침내 1987년 6·10민주화운동으로 활짝 꽃피웠다.

결국 김 선배는 뱀에게 잡아먹히는 두꺼비의 운명을 피하지 못했다. 남영동 치안본부 대공분실에서 살인적인 물고문, 전기고문 등을 겪어야 했다. 전두환 정권은 김근태를 죽이고자 했다. 그러나 김 선배는 신념을 굽히지 않은 투사였다. 세상에 고문 내용을 폭로했다. 우리 국민과 세계의 양심들은 분노했다. 김 선배는 감옥 안에서 장문의 항소이유서를 썼다. 고문 내용을 낱낱이 폭로한 내용이었다.

나는, 1987년 3월 감옥에서 나온 뒤에, 김 선배의 항소이유서를 책으로 출판하는 데에서 편집을 맡았다. 김 선배가 감옥에서 펜으로 쓴 항소이유서, 그 속에는 고문의 종류와 내용, 그 과정에서 겪은 인간적인 모멸과 고통 등이 고스란히 담겨 있었다. 나는 눈물을 흘리며 원고를 다듬었다.

항소이유서는 「남영동」이라는 이름으로 출판되었다.

세상을 바꾼 시대의 영웅, 우리에게 영원한 '희망의 근거'

김근태는 실천과 행동에 앞장섰지만, 동시에 이론을 겸비한 지도자였다. 탁월한 이론가였다. 1980년대 민주화운동 내부에는 많은 논쟁이 있었다. 어떻게 하면 독재를 이겨 내고 민주주의를 만들어 낼 것인가 하는 것이었지만, 운동 내부에는 항상 정세에 대한 인식, 전략 전술적 견해 차이로 쉼 없는 논쟁이 계속됐다. 민주, 민족, 민중의 키워드를 붙잡고 어디에 중심을 둘 것인지, 행동할 것인지 아니면 준비할 것인지 하는 논쟁이었다.

김근태는 여기에 대해서 분명했다. 김근태는 폭압적인 전두환 독재를 끝내고 민주주의를 회복하는 것이 가장 중요한 국민의 요구임을 분명히 했다. 김근태의 철학적, 사상적 깊이는 운동 내부에서 따라올 사람이 없었지만, 현실의 운동에서는 국민의 요구를 중시했다.

김근태의 리더십은 실천력에서 빛났다. 김근태는 경찰, 안기부 등한테 가장 많이 두들겨 맞았다. 유치장과 감옥을 제집 드나들 듯 드나들었다.

그런가 하면, 김근태는 따뜻한 품성을 가진 인도주의자였다. 이 점이야말로 김근태 선배의 더없는 매력이다. 후배들의 생활을 살펴 주었으며, 고민을 이해했고, 그 속에서 함께 실천의 길을 찾았다.

김근태 선배는 1996년 김대중 총재가 이끄는 새정치국민회의에 참여하면서 정치에 입문해, 보건복지부 장관, 민주당 대표를 지냈다. 김근태 선배는 우리 정치의 진보 진영의 수장으로서 그 역할을 멈추지 않았다.

아마도 김근태 선배의 가장 큰 회한은 이명박 정권일 것이다. 갖은 고문을 당하고 평생 이룩해 놓은 민주주의가 무너져 가는 것을 보며 김근태 선배는 뼈아픈 피눈물을 흘렸을 것이다. 그리고 가만히 있지 않았으니, 김근태 선배는 이명박 정권이 들어선 이후 민주주의가 후퇴하고 모욕당하는 것을 보고 "민간 독재 현실 앞에서 우리는 운동성을 강화해야 한다"(2011년 3월, 민주개혁모임 창립식)고 강조했다.

김근태는 시대가 낳은 영웅이었고, 영웅 김근태는 세상을 바꿨다. 김근태 선배는 눈을 감았지만, 김근태의 길, 즉 민주화의 길, 조국통일의 길, 민중이

주인 되는 세상의 길은 끝나지 않았다. 그것은 살아 있는 우리의 몫이다. 김 근태 선배는 우리에게 영원히 '희망의 근거'이다.

김근태 선배의 영면을 기원한다. 인재근 형수, 아들 병준, 딸 병민과 유가 족들에게 깊은 위로의 말씀을 드린다.

이 글은 '오마이뉴스' 2011년 12월 30일 자에서 옮겨 실은 글입니다.

기억할게요, 김근태

김근태에게서 들은
마지막 메시지,
이웃과 '함께 살기'

고상만 | 인권운동가

2007년, 열린우리당 대통령 후보 선출을 위한 경선이 열기를 더하던 어느 날이었습니다. 경선에 출마한 김근태 전 의장을 지지하던 사람들 사이에서 심각한 논란이 있었습니다. 의장님은 왜 경선 연설이나 토론회에서 큰 소리로 당당하게 연설하지 않고 말투도 어눌하냐는 불만이었습니다. 의장님 성품이 온화한 점은 좋지만, 경선에서마저도 이러면 되느냐, 또는 삼수갑산을 가더라도 큰소리를 뻥뻥 쳐야 하는데 아쉽다느니 하는 말들이 나돌던 때였습니다.

경선 흐름은 날이 갈수록 비관적이었습니다. "대통령 후보감은 정말 김근태가 맞는데 아무래도 어렵겠다. 저런 식으로 연설해서 어느 국민이 후보를 지지하고 확신을 갖겠느냐," "핵심 참모에게 이런 여론을 알려 지금이라도 바꿔야 한다"는 등의 걱정하는 말이 지지자들 사이에서 떠돌았습니다. 저는 고민 끝에 의장님 보좌관으로 있던 선배한테 전화했습니다. "제발 연설할 때 큰 소리로, 당당하게 연설하시도록 말씀 좀 전해 주시오" 하고 말입니다. "이런 불만이 있다는 것은 알고 있느냐"고 선배한테 질타도 덧붙였습니다. 그런

데 이어진 선배의 말은 놀라웠습니다.

고문으로 시달린 지난 26년의 삶, 김근태의 손수건

그 선배는 제 말에 씁쓸하게 웃었습니다.

"우리도 알지. 그런데 문제는 의장님이 큰 소리로 연설을 할 수가 없어."

"아니 왜요? 그럼 여태 정치 연설을 그런 식으로 하셨다는 거예요?"

진실은 정말 충격이었습니다. 이 역시도 바로 '고문기술자' 이근안 때문이었던 것입니다. 정권은 1985년 8월, 민청련 활동과 관련하여 의장님을 서울 남영동 대공분실로 연행하고는 간첩으로 몰아붙이려고 했습니다. 알려진 것처럼, 이근안은 허위 자백을 강요하며 의장님에게 여덟 차례에 걸친 극심한 전기고문과 두 번의 물고문을 가했습니다. 그 얼마 뒤, 1987년 1월, 같은 곳에서 박종철이 물고문으로 죽음을 당했습니다.

의장님이 여느 정치인들처럼 연설을 '화끈' 하게 할 수 없었던 이유는 바로 고문 후유증 때문이었습니다. 고음으로 연설하자면, 콧물이 흐르고 또 목소리가 제대로 나오지 않는다고, 그래서 연설을 할라치면 늘 손수건을 준비해야 한다는 말이었습니다. 그 말을 들으며 그분이 감당해야 했던 비극이 얼마나 큰 것이었는지 저는 새삼 깨달았습니다.

아내의 생일 축가 '사랑의 미로' 가 슬픈 이유

민주화운동을 하는 사람들은 의장님을 '선배' 라고 불렀습니다. 그리고 그의 아내인 인재근 씨를 '형수'라고 불렀습니다. 두 사람의 눈물겨운 사랑 이야기는 한 권의 책으로 남았습니다. 두 차례에 걸쳐 5년 8개월 동안 감옥살이를 한 의장님이 아내와 어린 자식들에게 쓴 편지를 모아 묶어 낸 옥중 서간집 「열려진 세상으로 통하는 가냘픈 통로에서」가 그것입니다.

1992년 출간된 이 책에서 의장님은 사랑하는 가족과 어린 아들, 딸에게 미안하고 안타까운 마음을 아름답게 표현하고 있습니다. 극한 상황에서도 그 사랑하는 마음을 잃지 않은 분이 바로 의장님이었습니다.

가장 대표적인 사례가 교도소로 면회 온 아내를 위해 불러준 노래 '사랑의 미로'입니다. 몸은 고문으로 만신창이가 되었건만, 생일을 맞은 아내에게 선물로 불러 줬고, 노래를 들으며 인재근 씨는 명랑하게 웃으며 즐거워했다고 합니다. 그리고 면회가 끝나고 돌아오는 길에서 인재근 씨는 하염없이 눈물을 흘렸다고 합니다.

의장님은 그런 분이었습니다. 언제, 어디서 만나든 여느 정치인과 다른 따스함이 있었고 진정성이 있었습니다. 돌이켜 보면, 의장님은 늘 악수를 하며 눈을 맞췄습니다. 그러면서 악수하는 이에게서 느낀 변화나 안부를 묻곤 했습니다. 손은 앞 사람에게 내밀고, 눈은 다음에 악수할 사람을 바라보는 여느 정치인의 건성 인사가 아니라, 자기 앞에 있는 사람을 진정성 있게 대했습니다.

의장님은 이렇듯 사람을 따뜻하게 진정성으로 대할 뿐만 아니라, 끊임없는 자기성찰로 당신 자신을 거짓없이 들여다보는 분이었습니다. 이근안을 만났을 때 그가 사과를 해 오는데 그의 태도가 가식처럼 느껴져 솔직히 용서할 수 없었다며 "이런 내가 옹졸한 것 아닌가"라고 말씀하셨다고 합니다.

이근안은, 아닌 게 아니라, 그 뒤 언론 인터뷰에서 자기가 한 행위를 두고 "고문이 아니라 심문이며, 심문은 일종의 예술이고, 당시 시대 상황에선 애국"이었다는 괴변을 늘어놓고, 그것으로도 부족한지 "지금 당장 그때로 돌아간다고 해도 나는 똑같이 일할 것이다"라는 말을 내뱉었습니다. 의장님의 느낌이 틀리지 않았다는 가슴 아픈 증거입니다. 억장이 무너진다는 말이 이럴 때 쓰는 말이겠지요.

김근태가 버스를 타며 생각한 '함께 살기'

그즈음, 의장님이 대표로 있던 정치 조직인 '한반도재단'에서 회합이 있었습니다. 사무실 이전과 관련한 회의가 끝난 뒤 저녁 회식을 하기로 했는데, 그 자리에 의장님도 참석한다는 것이었습니다. 개인적으로는 낙선 후 처음 뵙는 자리였기에 어떻게 지내시는지도 궁금했습니다. 그런데 애초 약속한 시간보다 조금 늦어지기에 보좌관으로 있던 선배에게 물었습니다. 그러자 선배는 버스를 타고 오시는데 길이 밀리는 것 같다는 것이었습니다.

"아니, 그럼 의장님은 차가 없어요?"

선거에서 낙선했다지만, 자동차 한 대 쓰지 못할 정도로 형편이 어려우리라고는 생각하지도 못했습니다. "모아 놓은 돈도 없고, 숨겨 놓은 돈도 없으니 당연한 것 아니냐." 그 선배는 담담하게 말했습니다. 정직한 정치인이라면 당연한 일인데도 저도, 이 말을 함께 들은 참석자들도 새삼 놀랐습니다. 그 뒤 합석한 의장님과의 회식은 약간은 우울하고 또 즐겁지만 어색했다고 기억됩니다.

회식이 끝난 뒤, 의장님은 다시 버스정류장으로 향했습니다. 의장님을 버스정류장까지 배웅할 때였습니다. 누군가가 "이건 아닌 것 같다. 차를 마련할 수 있게 우리가 도와드려야 하는 것 아니냐"고 했고, 이구동성으로 그렇게 하자고 했습니다. 그때 의장님은 이렇게 말했습니다.

"자네들 말은 고마운데 그렇게 하지 않아도 돼. 내가 예전에 승용차를 타고 다닐 때에는 차에 타서 늘 혼자 나라만 생각하고 정치만 생각했거든. 그런데 요 근래 버스와 지하철을 타면서부터는, 그게 아니라, 이웃을 생각하게 되더라고. 내 옆에 앉아서 가는 저 사람은 어떻게 먹고사나? 저 사람하고 내가 같이 먹고살아야 하는데 그렇게 하려면 어떻게 해야 하나? 그래서 솔직히 난 지금이 더 좋은 것 같아. 너무 큰 것만 생각하고 내 주변에 대해서 생각하지 않았는데, 그에 대해 반성도 많이 하고 있어. 그러니 내 생각은 하지 말고, 자네들과 내가, 또 우리가 '같이 살 수 있는 방법'을 생각하자고."

가슴이 먹먹했습니다. 그 마음이, 그 진정성이 그대로 제 가슴에 와 닿았습니다. 그 뒤로 내내 의장님의 그날 말씀이 뇌리에서 떠나지 않았습니다.

영원한 '선배' 김근태 의장님, 사랑합니다

그날 버스를 타고 떠나면서 손을 흔들던 의장님의 미소는 저에게 영원히 잊히지 않을 따스한 기억이 되었습니다. 그러면서 의장님의 그 말씀을 꼭 글로 남기고 싶다는 생각을 했습니다. '함께 살자'는 그 마음이 바로 민주주의자 김근태가 자신의 몸과 영혼을 바쳐 남기고 싶었던 이 세상의 메시지라고 생각했기 때문입니다.

그런데 이제 이 글이 추모 글이 되고 말았습니다. 의장님이 위중하다는 소식을 접하기 한 달 전부터 마음이 불안했는데, 끝내 그것이 부고가 된 것입니다.

"2012년을 점령하라." 사실상의 유언이 된 이 말씀을 되새기겠습니다. 그래서 자신이 처한 각자의 조건과 상황에서 '다시 민주주의'를 위해 일하겠습니다. 그러면서 단순한 권력의 변화가 아니라, '함께 먹고살기'를 도모하자는 의장님의 그 말씀처럼, 우리의 이웃과 내가 '다 같이 먹고살 수 있는 세상'을 구현할 수 있는 세상이 되도록 일하겠습니다.

존경하는 김근태 선배님, 사랑합니다. 그리고 정말 아름답게 잘 사셨습니다. 고문 없는 세상에서 편히 쉬소서.

이 글은 '오마이뉴스' 2011년 12월 31일 자에서 옮겨 실은 글입니다.

아름다운
꼴찌들이
힘 모을게요

김상곤 | 경기도 교육청 교육감

    선배님! 이 무슨 청천벽력입니까? 종일 눈앞은 깜깜하고 먹먹한 가슴 통증이 가시지를 않습니다. 시도 때도 없이 울컥 차오르는 울음을 속으로 삼키고 있지만, 걸음마다 허방을 짚는 듯 현실감이 없습니다.

    저리도 푸르른 겨울하늘과 맑은 햇살이 축복처럼 내리는 날, 이렇듯 허무하고 비정하게 세상을 버리고 싶으셨습니까? 선배를 향한 이 사무치는 그리움을 어찌 감당하고 살아야 할는지요? 우리 가슴에 화인으로 새겨진 원죄와 당신에게 진 빚에 대한 아무런 '탕감'도 없이, 이렇게 속절없이 가 버리시면 우리 살아남은 자들의 슬픔은 어찌해야 합니까? 오늘 우리는 한 시대의 죽음을 맞았습니다. 우리 시대 정의의 가늠자를 잃었습니다. 추념의 언사조차 불필요한 사치가 되는 '시대의 전설'이 사라졌습니다.

    김근태 선배, 당신은 저의 스승이었습니다

    선배는 제 스승이었고, 언제나 함께 가는 평생 동지였습니다. 저는 선배를 통해 시대와 사회를 읽었고, 인생과 정의를 배웠으며, 결코 흔들리지 않았던 선배의 신념과 삶의 기품을 보면서 이 땅의 지식인이 갖춰야 할 삶의 자세를 익혀 왔습니다.

1971년으로 기억합니다. 엄혹한 독재가 민주주의의 목을 옥죄던 시대, 서울대에서 저는 독재 정권과 싸우는 학생운동의 중심에 있었고, 선배는 복학한 4학년 열혈 청년 운동가로서, 저항과 투쟁의 선봉에 서서 어설픈 우리를 '지도'해 준 것이 인연의 시작이었습니다.

김근태, 장기표, 고 조영래 변호사, 심재권. 1970년대, 80년대 노동, 청년, 사회 운동 진영 전체의 탁월한 이론가이자 뛰어난 실천가의 상징적 이름들입니다. 저는 유달리 선배가 좋았습니다. 날이 퍼렇게 살아 있는 명쾌한 논리, 진정을 토할 때마다 파르르 떨리던 손, 큰 시련이 와도 결코 흔들리지 않는 눈빛, 강한 신념과 투지 뒤에 숨어 있는, 사람에 대한 따뜻한 배려와 감성. 그 모든 것이 좋았습니다. 선배는 존재 자체로 늘 제 삶의 든든한 '뒷배경'이었습니다.

선배의 삶이 수배와 감옥, 고문의 시간으로 채워지는 만큼 우리의 눈물과 싸움도 그만큼 진해진 것은 어쩌면 우리 시대의 숙명 같은 것이었나 봅니다.

1985년인가요? "벌거벗은 채 전기고문을 당할 때, 죽음의 그림자가 코앞에 다가올 때, 마음속으로 '무릎 꿇고 사느니 서서 죽기를 원한다'는 노래를 불렀다"는 선배 이야기가 세상에 알려졌을 때, 우리는 정말 많이 울었습니다. 야만과 불평등과 정의롭지 못한 세상을 향한 우리의 비수는 선배로 인해 더욱 날이 섰습니다.

'기술자'가 조종하는 전기와 물이 샅샅이 할퀴고 간 몸과 만신창이로 헤진

영혼을 이끌고도 선배는 지긋지긋하다 해도 좋을, 운명 같은 '운동'을 다시 시작했지요.

1995년 선배가 현실 정치에 들어가면서, 저에게도 정치 입문을 제안하셨지만, 저는 교수 운동의 중요성과 역할을 들어 선배의 청을 따르지 못했습니다. 그러나 서로가 서 있는 토대는 달라도 우리는 언제나 갈 길을 물었고, 한 길을 함께 걸었습니다.

지난 2009년, 시민사회가 제게 교육감 출마를 강력하게 요구할 때에도 깊은 고뇌 끝에 결국은 선배한테 조언을 구했지요. 선배는 "어차피, 이왕 해야 하는 일이면 제대로 할 것"을 요구했습니다. 그 조언이 출마를 굳히게 된 중요한 계기가 되었던 기억이 새롭습니다.

당신에게 후배 김상곤의 눈물을 바칩니다

당신은 현실 정치에서도 건강한 사회, 건강한 경제, 건강한 국가를 유지하기 위한 당신의 철학과 정책 비전을 명확하게 밝혔습니다. 당신은 늘 '비주류'를 자처했지만, 우리가 보기에 당신은 언제나 사회적 정의와 평등을 위해 싸우며 약자의 삶에 눈물을 건넨 우리 시대 진정한 '주류'였습니다.

"참여하는 사람들만이 권력을 만들고, 그 권력이 세상의 방향을 정한다"는 선배의 마지막 말씀을 곰곰 되새겨 봅니다. 민주화된 정의로운 권력이 있는 나라를 향한 당신의 염원으로 읽으니 가슴이 더욱 아픕니다.

선배님! 그렇게 될 것입니다. 아니 그렇게 되도록 함께 만들어 가겠습니다. 선배가 마음의 짐 모두 내려놓고 안심하고 가실 수 있도록, 수많은 '아름다운 '꼴찌'들이 힘을 모아 아름다운 세상을 만들어 갈 것입니다.

당신은 진정 아름다운 시대의 의인이셨습니다. 핏빛 고통과 눈물 같은 희망이 씨줄날줄로 만나 짜 내려간 당신 인생의 삶의 무늬는 참으로 아름다웠습니다. 위대한 존재는 결코 사라지지 않습니다. 당신은 언제나 우리 가슴에 끝끝내 살아 계실 것입니다.

사랑하는 선배여! 이제 모두 다 내려놓고 편히 가소서. 고문도 없고, 고통도 없는 평화의 세상에서 영원한 안식과 평화를 누리소서. 부디 영면하소서. 후배 김상곤이 눈물로 바칩니다.

이 글은 '오마이뉴스' 2012년 1월 1일 자에서 옮겨 실은 글입니다.

김근태 동지여,
이 땅 위의 큰 별이 되어
조국을 지켜주시기를

김정길 | 전 민주당 원내총무

 김근태 동지가 우리 곁을 떠났습니다.

 위독하다는 소식이 전해진 뒤, 많은 국민이 환하게 웃는 김근태를 다시 보고 싶다는 소망으로 쾌유를 기원하며 기도의 촛불을 밝혔지만, 당신은 끝내 회복하지 못하고 우리 곁을 떠나고 말았습니다.

 무기력하고 무능하며, '죽을 각오로 싸우는 척' 하는 야당의 모습도 찾기 힘든 요즘인 까닭에, 말 그대로 '죽을 각오'로 싸웠고, 실제로도 많은 죽음의 고비를 넘기기도 했던 김근태 동지의 빈자리가 유독 크고 쓸쓸하게 느껴집니다.

 김근태 동지와 저는 같은 시기에 비슷한 정치 역정을 겪어 왔습니다. 대학 교련 강화 반대 시위와, 위수령 반대 시위를 주도한 저는 1971년 전국에서 유일하게 구속된 학생회장이었고, 같은 해 김근태 동지는 수배를 피해 긴 도피 생활을 시작하였습니다. 같은 시기 비슷한 모습으로 학생운동을 하였기에, 민주당 생활을 함께하면서 늘 특별한 동지의식 같은 게 있었는지도 모르겠습니다.

김근태 동지를 생각하면 가장 먼저 생각나는 것이 있습니다. 3당 야합 이래 부산에서만 20년 넘는 세월, 지역주의의 벽을 깨보겠다고 부산에서 제가 불가능한 도전을 할 때마다, 언제나 내려와 지지 연설을 하고 선거운동을 도와주던 그 한결같은 모습입니다. 한 번도 빠지지 않고, 열성적으로 그리하셨습니다. 이러한 굳센 지지와 격려가 있었기에 그 어려운 세월을 저와 노무현 전 대통령은 견뎠는지 모릅니다.

특히 지난해 6·2 부산시장 선거 때의 일은 가슴에 아립니다. 김근태 동지는 와병 중에도 불편한 몸을 이끌고 부부 동반으로 부산까지 내려와 부산 사직야구장 앞에서 지원 연설을 해 주었습니다. 지금도 그때만 생각하면 눈시울이 시큰합니다. 와병 중에도 민주 개혁 세력의 부활을 위해 애쓰는 민주주의에 대한 그의 열망, 평생을 관통해 온 그의 신념이 우리를 동지로 묶어 주고 있었음을 새삼 느낍니다.

한-미 FTA 반대 투쟁의 선각자이자 '멋진 신사'

생각해 보면, 그는 늘 있어야 할 곳에는 있는 사람이었습니다. 김진숙 민주노총 부산본부 지도위원의 크레인 농성으로 촉발된 한진중공업 사태 때, 그는 역시 불편한 몸을 희망버스에 싣고 부산까지 내려와 희망의 불씨를 지피는 역할을 했습니다.

돌이켜 보면, 그는 늘 해야 할 일은 하는 사람이었습니다. 지금 한-미 FTA 폐기 투쟁에 가장 앞장선 사람으로는 이정희, 정동영 의원 등을 꼽지만, 가장 먼저 한-미 FTA 반대투쟁을 시작한 사람은 김근태 전 보건복지부 장관과

천정배 전 법무부 장관이었습니다. 그것도 바로 참여정부 그때의 일이었습니다. 저도 지금은 한-미 FTA 폐기 투쟁의 최전선에 있지만, 김근태, 천정배 전 장관에 비하면 한참 늦게 시작한 셈입니다. 제가 정치 일선에서 떠나 대한체육회장으로 있던 시절, 김근태 전 장관 등이 가장 먼저 한-미 FTA를 반대했습니다. 그는 선각자였습니다.

돌이켜보면, 그는 늘 해야 할 말은 하는 사람이었습니다. 보건복지부 장관으로 재임하던 시절, 재정경제부를 중심으로 국민연금 기금을 주가와 환율 방어에 쓰고자 하는 움직임에 대해 그는 이례적으로 장관이 직접 나서서 국민연금을 정부의 주머니돈처럼 쓰는 것을 반대했습니다. 그 유명한 "계급장 떼고 토론해 보자"는 발언이 그때 나왔습니다.

지금 환율 방어나 주가 방어에 동원되면서 외국인들로부터 "한국의 현금 자동인출기"라는 조롱을 듣고 있는 국민연금 등의 연기금 문제를 생각하며 그의 말이 옳았다는 것을 새삼 느끼게 됩니다.

이런 그가 이제 우리 곁에 없습니다. 일찍이 그는 그를 고문했다가 구속되어 7년형을 살고 있던 이근안을 만나 그를 개인적으로 용서했습니다. 그는 "이근안이 무릎 꿇고 용서를 빌어도 진심으로 용서를 구하는 것 같지 않아 진심으로는 용서가 안 되더라"며 진심 어린 용서를 하지 못한 것에 대해 마음 아파하던 여린 사람이었습니다. 그는 멋진 신사였습니다.

우리 민주주의 역사 속 가장 큰 별, 김근태

그를 민주주의의 투사로 만든 것은 부조리한 정권과 불합리한 역사였습니다. 그 부조리한 역사가 오늘도 반복되고 있습니다.

　독재자의 딸이 유력한 대선 후보가 되고, 그를 구속했던 전두환은 통장 잔고가 몇십만 원뿐이라면서도 여전히 호의호식하고 있습니다. 그의 고문 수사를 지휘했던 정형근은 국회의원이 되고, 국민건강보험공단 이사장이 되었습니다. 그를 고문했던 이근안은 개신교 목사가 되어 '셀프 용서'를 하는 기적을 행하고 있습니다.

　김근태 동지는 개인적으로 그들을 용서했지만, 저는 정치적으로, 법적으로는 그들을 용서하면 안 된다고 생각합니다.

　김대중, 노무현 전 대통령의 용서가 지금의 이명박 정부와 한나라당 정권을 만들었습니다. 개인적으론 용서할지라도 역사, 정치, 법의 심판은 엄중하게 해야만 이런 부패한 정권, 부조리한 역사가 다시 반복되지 않을 것입니다.

　그래서 김근태 동지는 그의 블로그에 마지막 남긴 글로 "2012년을 점령하라"고 하였습니다. 총선과 대선에서의 승리, 선거 혁명을 당부하였습니다. 그가 남긴 마지막 유지는 민주당에 "야성과 투쟁성을 회복하라"는 것이었습니다. 이것은 원외에 있으면서 제가 초지일관 주장하던 바로 그것입니다. 지금 남아 있는 우리에게 주어진 과제는 야성과 투쟁성을 회복하는 일입니다. 그것이 고인의 뜻을 잇는 일일 것입니다.

　이제 그는 우리 곁을 떠나 역사 속으로 걸어 들어갔습니다. 민주주의의 밤하늘에 뜬 큰 별이 되었습니다. 우리 민주주의 역사에서 가장 빛나는 큰 별의 이름을 불러봅니다. 김, 근, 태. 부를수록 자꾸 그리워지는 이름입니다.

이 글은 '오마이뉴스' 2011년 12월 31일 자에서 옮겨 실은 글입니다.

진솔하고 겸허한 삶
지켜 온 당신께
감사합니다

김해자 | 소설가

미안합니다.

당신의 손가락이 오그라들고 당신의 신념을 지탱하던 세포가 굳어 가는 것을 알지도 못한 채 "좀 잘 하지. 좀 더 힘 있게 못 하나…" 하고 뒤에서 주문만 했습니다. 정말 미안합니다.

지상파를 통해 들리는 당신 목소리는 낮았습니다. 목은 삐딱해 보이고, 어깨는 경직되어 보였습니다. 어렵고 위중한 사안 앞에서도 마치 개선장군이나 된 양 의기양양하게 손 흔들고 악수하던 여느 정치인들 사이에서, 말없이 미소만 짓던 당신. 그런 당신이 거인국에 있는 걸리버처럼 안쓰러웠습니다. 겉모습을 보고 우리는 '패기가 없다,' '지도자다운 카리스마가 없다' 고 속상해했습니다.

이십대 초반, 당신을 처음 만났을 때를 떠올립니다. 당신은 나직한 목소리로 열대여섯이나 어린 까마득한 후배한테 존댓말을 썼으며, 가르치려 하기보다는 당신 생각을 찬찬히 펼치며 하나하나 처음부터 다시 보여 주려는 것 같았습니다. 아니 조심스레 각자 의견을 묻는 것 같았습니다. 스물서넛 남짓한 학생들에게.

학내에서 사찰을 벌이던 경찰들이 물러가고, 툭하면 증거도 없이 엎어치고 메어쳐서 경찰서로 파출소로 잡아가던 전두환 정권이 서슬 푸른 공안 통치의 막을 내리던 때였습니다. 너희한테 자율권을 주겠으니 잘해 보라던 1984년 봄이었습니다. 한낮에 만나 날이 어둑해질 때까지 당신과 나눈 대화의 결론이자 핵심은 사물의 본질과 민중의 살아 있는 현실을 중심으로 보아야 옳다는 것이었습니다. 길게 보아야 한다는 것이었습니다. 지나간 과거와 다가오는 미래 사이에 다리를 놓는 것이 지금 할 일이라는 것이었습니다. 성급하게 열매만 딸 것이 아니라 뿌리를 다지고 키우는 일이 중요하다는 것이었습니다.

현상이 제 아무리 자율화고 민주화고 유화라고 하지만, 본질이 바뀌지 않는 민주화 조치는 오히려 더 극악한 모순을 낳을 수도 있다는 것이었습니다. 지금의 현실을 열매로 착각한다면, 민주주의라는 나무는 열매 몇 개 맺지 못하고 곧 시들어 버릴 거라고 경고했습니다. 현상 이면에 숨겨진 진실을 면밀히 살펴보고, 그 진실에 따라 행동해야 한다고 강조했습니다. 바로 이것이 운동권에 몸 담은 시절에도, 곡절 많은 정치판에서도 시대와 사람을 보는 눈이자 잣대였습니다.

당신은 겸허했습니다

그러므로 진실할 수 있었을 것입니다. 타자에게만 폭력적으로 들이대는 잣대가 아니라 스스로에게 부과하는 공인으로서의 당연한 도리였으므로. 인간세상의 법을 넘어 세상 만물을 바라보는 공평무사한 기준이었으므로. 그러므로 겸허할 수 있었을 것입니다.

사심 없이 거래가 지워진 낮은 눈빛으로, 시끄러운 복판에서도 나직나직 상대 지위가 높으나 낮으나 상관없이 참으로 대화라는 것을 가능하게 했던 힘은 아마도 내면에서 비롯된 순수한 정신이었을 겁니다. 의사당에서 홀로 석고대죄하고 있는 당신을 문인 몇 사람이 위로하러 갔을 때에도, 떠들썩한 인사동 밥집에서 만났을 때에도, 당신은 위력자가 아니라 마치 오래 전부터 그 자리에 있던 문인처럼 앉아 있었습니다. 그냥 오랜만에 만난 친구 하나로 어울렸습니다. 말에서도 시선에서도 은근하고도 엄연히 존재하는 독점이나 점유 같은 것들이 당신에게는 전혀 없었습니다. 상말이 오가고 멱살잡이가 빈번히 출몰하는 정치판에서도 삿대질하거나 싸잡아 비난하거나 호통치는 모습을 본 적이 없습니다.

더욱이 투쟁과 수배와 투옥으로 점철된 지난날의 상처를 이력 삼아 떠벌이는 것도 본 적이 없습니다. 날이 갈수록 부자연스러워지는 몸 동작 또한 당연히 고문 후유증이겠으나, 그 고통을 과장하거나 이렇다 저렇다 해명하지도 않았습니다. 평생 논밭두렁에서 일해 허리가 낫처럼 구부러진 어느 농부가 나 이만큼 일했다고 보상금을 받는 거 보았습니까. 톱니바퀴 돌아가는 트럭에 아슬아슬하게 매달려 가는 어느 청소부가 나 이만큼 고생했다고 찬탄을 요구합니까.

딱히 투사고 영웅이어서가 아니라 시대가 피해갈 수 없는 그 모퉁이 자리에 있었을 뿐이므로. 누군가가 맞아야 할 정을 자신이 맞은 것뿐이므로. 고통의 나무에서 자란 과실 또한 자신의 것이 아니므로. 역사의 음지에 매장된. 매 맞고 총 맞고 흙구덩이에 묻혀 간 수없이 많은 사람의 것이므로. 그 과실 속에 담긴 씨앗이 자라 새로 태어나는 어린 입들에게 단 과육이 고루 주어져야 하므로. 이 땅의 민주주의는 사방팔방 확 트여 소유도 없고 주인도 따로 없는 저 드넓은 들판에 거대한 나무가 되어야 하므로.

날이면 날마다 노동자들이 일터에서 쫓겨나고 주민들이 철거된 도시 곳곳마다 마천루는 높아지지만, 인간도 소 돼지도 행복하지 않은 시대에 당신의 고통스런 숨은 멈췄습니다. 강은 파헤쳐지고 바다에는 시멘트와 철조망으로 바리케이드를 쳐 대니 영문도 모르고 집을 잃고 하소연도 못하는 피라미도 붉은발말똥게도 눈물 뻐끔거리는 시대에 당신이 꿈꾸던 미완의 혁명은 멈추었습니다.

99명의 불행과 한탄과 눈물과 노고 위에 쌓아 올려진 1명의 승리자가 위태로운 첨탑에 장군처럼 서 있는 이 한밤중, 당신은 다시는 돌아올 수 없는 곳으로 돌아갔습니다. 탐욕에 눈이 멀어 쌓아 두고도 받아 챙기고 숨기며 위력적인 것이라면 사족을 못 쓰는 지금은 밤입니다. 불빛 수만큼 집집마다 새어나오는 것은 한숨소리요, 불면이 일용할 양식인, 일자리 없는 자들의 흐느낌입니다. 숨이 턱까지 차오르게 뛰어도 생존조차 걱정해야 하는 네온사인 화려한 지금 이 시대는 칠흑 같은 밤입니다. 사회에 발을 디뎌 보기도 전에 빚에 허덕이며 젊다고 말하기에도 미안한 목숨들이 다 펴 보지도 못한 날갯죽지가 부러져 고공에서 뛰어내리는 이 시대에 떠나간 당신의 죽음을 슬퍼합니다.

못나고 못 배우고 약한 자들은 사람 취급도 못 받는 이 시대가 바로 야만입니다. 한결같이 강하고 똑똑하고 잘난 것들에 사족을 못 쓰는, 불편하고 불안한 이 시대를 슬퍼합니다. 이 야만의 바퀴를 거꾸로 돌리려고 애쓰다 애쓰다 끝내 손을 놓친 당신의 죽음을 슬퍼합니다.

지도자로서가 아닙니다. 실패하고 거꾸러지는 이 땅에 숱한 갑남을녀 장삼이사들 중 한 사람으로서, 당신의 이른 죽음을 슬퍼합니다. 얼어붙은 겨울, 시장 모퉁이에서 파와 시금치를 다듬고 고등어 떨이를 외치는 고단한 사람들 중 한 사람으로서 당신의 죽음을 슬퍼합니다. 박스를 끌고 가다 박스를 떨어뜨리고 차의 경적소리도 듣지 못한 채 자기 몸을 덮치기 직전에 바퀴를 멈춘 질주하는 차 사이에서 주저앉아 박스를 줍고 있는 허름한 민생으로서 당신의 죽음을 슬퍼합니다.

승리자여서도 아닙니다. 당신은 개인적으로 승리한 적이 없으며, 패배 또한 우리 공동의 것이었습니다. 졌으되 위대하게 패배하는 것만큼 가치 있는 게 어디 있겠습니까. 당신은 위력적이지 않았으되 고문과 폭력과 위선과 치부로 점철된 우리의 슬픈 역사를 증거했습니다. 말없이 몸으로 감당한 만큼 큰 진실이 어디 있겠습니까.

당신은 오랫동안 다치고 아프고 약했습니다. 자랑하고 내세울 것 없이 묵묵히 제 일을 하고 그렇게 살다 가는 이름 없는 다수의 민중은 무력합니다. 착취하지 않고 제 것 이하의 값을 받으므로 가난하고 힘이 없는 게 당연합니다. 하지만 나약하지 않으며 끈기 있게 하루치의 자기 몫을 다하며 일생 동안 살아갑니다. 그것이 강인함입니다. 그것이 그들이 위대한 이유이자 이 땅의 주인인 근거입니다.

화려한 언변과 큰 목청과 화려한 몸동작에 중독되어 우리는 진실을 곧잘 놓칩니다. 지도자는 지배자가 아닙니다. 국민 하나하나를 굽어보고 살펴보고 고민하고 어떻게 더불어 잘 살게 할 것인지 궁구하고 실행하는 자가 위력적일 필요가 어디 있습니까. 진실하게 만백성의 안위와 행복과 평등을 위해 고뇌하는 자가 목소리가 커질 필요가 무엇입니까. 세상의 숱한 강력한 것들 때문에 우리 삶은 겁에 질리고 피폐합니다. 들여다보면, 부풀려진 강력한 입들 때문에 우리는 기죽고 신경쇠약에 걸려 있습니다.

고맙습니다. 당신의 때 이른 죽음이 안타깝기 그지없으나, 정치라면 권력과 치부와 위선과 동격으로 여겨지는 시대에 참담게 슬퍼할 수 있는 모습으로 살아 주셨으니. 당신의 순정한 생애가 우리의 가리운 눈을 뜨게 하고 참 민주의 밑거름이 되길 소망합니다. 부디 제 몸을 녹이는 아픔 속에서도 촛불로 타오른 당신의 생애가 가난하고 무력한 만백성에게 따스한 희망이 되어 주기를. 희망 속에서 눈을 감고 희망으로 눈을 뜨는 아침을 창조하고 싶어지기를. 당신이 가고 없는, 바로 우리가 사는 지금 이 자리에서. 당신께서 돌아가신 그곳엔 부디 미움도 슬픔도 싸움도 고문도 없기를….

이 글은 '오마이뉴스' 2012년 1월 1일 자에서 옮겨 실은 글입니다.

따뜻하고 정중한
목소리, 아직도
기억납니다

박경철 | 의사, 칼럼니스트

사람들은 대개 그를 일컬어 투사 또는 신사라고 불렀고, 그의 정치 경쟁자들은 그를 돈키호테, 때로는 햄릿이라 평했다. 이것이 그 어두운 시절 뼈를 녹이고 살을 태우는 혹독함과 맞서며 이 땅에 민주주의의 꽃을 피운 시대의 양심 김근태에 대한 세간의 인식이었다.

적지 않은 사람들이 그를 단지 상징으로만 여겼다. 그의 정신을 카타콤(초기 기독교 시대의 비밀 지하 묘지)에 새겨진 이름처럼 기념하되, 이제는 당신의 시대가 아니라고 말하고 싶어했다. 그래서 그들은 그의 선명한 정신이 가치 기준이 되는 것을 부담스러워했고, 단지 과거의 장면이기를 원했다. 그래서 일부 사람들은 그가 한-미 FTA 반대, 이라크 파병 반대, 아파트 원가 공개, 신자유주의에 대한 강력한 경고 등 중요 사안에서 고독한 소수가 되거나, 심지어 정치적 죽음을 초래할 수 있는, 정치자금에 대한 양심고백이라는 무모한 선택을 했을 때, 서슴없이 '바보'라고 말했다.

하지만 그의 양심은, 설령 돈키호테로 불릴망정 타협하지 않았고, 정치적

득실을 따지지 않았다. 평소에 남영동을 지나다니지 못하고, 가을마다 뼛속까지 파고드는 고통의 열병에 시달리면서도, 자신을 고문한 사람을 사면해 달라 요청하고 또 면회하던 그의 모습은 그들에게는 영락없는 햄릿의 그것으로 비쳤을는지도 모른다. 더욱이 18대 총선 때 도봉에서의 낙선과 악화된 지병은 김근태라는 이름을 박물관 속 박제로 가두기에 충분했다. 그렇게 '김근태'는 우리에게서 점점 잊혀져 가는 이름이었다. 나 역시 그 가운데 한사람이었을는지 모른다.

전화 한 통에 그를 모조리 이해한 느낌이었다

나는 그가 이사장을 맡고 있던 한반도재단 이사였지만, 그를 부를 때마다 호칭에 곤란을 겪었다. 사람들은 대개 사석에서 '근태 형', '김 선배', '근태야'라고 불렀지만, 나는 의원님, 의장님, 장관님, 고문님으로 호칭을 바꾸었고, 심지어 낙선 후 야인이 되었을 때에는 어느 대학의 초빙교수라는 사실을 빌어 잠시 교수님이라고 부르기까지 했다. 그것은 내가 그의 민주화 투쟁의 여정에 한 줌 힘도 보태지 못했고, 어둠의 시기에 그의 삶과 정신을 증명할 자리에 한 순간도 같이한 적이 없기 때문이다.

그러니, 내게는 그의 민주화 투쟁 여정이 어떠했는지, 그 삶을 증거할 만한 기억이 하나도 없다. 어느 날 뉴스에서 그가 양심고백을 한 뒤에 정치 위기를 맞고, 재판을 받게 되었다는 소식을 듣고, "혹시 어려움을 겪고 계신다면, 소송비용을 지원하고 싶다"는 편지를 보낸 것이 인연의 시작이었다. 나는 그때만 해도 그를 지원할 변호사가 일개 대대는 될 거라는 생각은 하지도 못했고, 단지 우리 모두는 어떤 식으로든 그에게 빚을 졌다는 순진한 생각뿐이었다.

편지를 보낸 뒤, 정중한 거절과 함께 깊은 사의를 담은 전화를 받았다. 나는 지금도 그 목소리를 기억한다. 전화선 너머로 전해진 목소리는 투사나 정치가의 목소리가 아니었고, 따뜻하고 정중하며 깊은 인품을 가진 사람의 그것이었다. 전화 통화 단 한 번으로도 마치 그가 어떤 사람인지를 모두 이해한 느낌이었다.

그것이 인연이 되어 이후 나는 한반도재단 이사직을 맡게 되었고, 지난 총선에서 생애 처음으로 선거운동원으로 등록해서 도봉에서 마이크를 잡기도 했다. 그런 시간을 보내며 나는 피상적으로 알던 김근태라는 거인을 조금씩 이해하게 되었다.

항상 "고마워", "미안해"와 함께했던 그

이 글에서 그의 철학과 사상을 모두 살펴볼 수는 없지만, 그가 자기 전공인 경제뿐 아니라, 통일과 외교, 복지에 이르는 거의 모든 분야에 혜안을 가진 위대한 사상가였다는 사실만은 꼭 밝히고 싶다. 특히 동북아 정세와 평화에 대한 인식과 식견은 이념과 정파를 뛰어넘어 국가와 민족의 미래라는 본질과 정면으로 마주하고 있었다. 그는 한시도 그에 대한 관심의 끈을 놓은 적이 없었다. 그는 뼛속까지 애국자였으며, 민주주의자였다.

그러면서도 온유했으며, 선량한 사람이었다. 내가 그에게서 가장 자주 들은 말은 '고마워'이다. 당신이 밥값을 내고서도 "고마워!"라고 했고, 파킨슨병으로 힘들어할 때 몸 상태에 대해 물어도 "고마워"라고 했다. 그에게는 모든 사람이 고마운 존재였다. 그리고 그는 늘 미안해했다. 청년 시절부터 함께한 동지들이 곤궁한 처지에 있음을 미안해했고, 그러면서도 그들의 길을 열어 주는 청탁 한 번 하지 못하는 자기 양심을 탓하며 미안해했다. 이런 관점에서라면 그를 햄릿이라고 불러도 할 말이 없다. 나는 가끔 이런 분이 그런 혹독한 고문을 견디며 민주화 투쟁의 선봉에 설 수 있었다는 사실을 놀라워하기도 했다.

그러던 어느 날, 당신으로부터 직접 고문에 대한 이야기를 듣게 되었다. 나는 의사가 직업인 사람이지만, 피가 곤두서고 머리털이 쭈뼛 설 만큼 혹독하고 고통스러운 이야기였다. 아이히만의 후예가 좀비가 되어 이 땅에 스멀스멀 기어 다니는 느낌이었다. 조국과 민주주의를 위해 자신을 던진 김근태와 애국이라는 이름을 앞세워 그를 고문한 자의 영상이 겹쳐졌고, 국가와 민족이라는 이름이 어떻게 왜곡되고 악용될 수 있는지를 깨달았다. 그는 어지간해서는 그 이야기를 꺼내지 않았고, 지인들에게도 고문 이야기는 하지 말기를 당부했다. 그것은 자신은 이렇게 사회에서 보상을 받았지만, 뒤안길에서 스러져 간 훨씬 많은 이름 없는 사람들의 고통이 있었다는 이유에서였다.

그 끔찍한 일을 겪고서도 자신만이 특별한 것은 아니라고 말하던 그를 어찌 존경하지 않을 수 있을까.

세상에 이보다 더 눈물 나는 말은 어디에도 없다

그는 거인이었다. 민주주의에 대한 확신과 신념뿐 아니라, 온화함과 유머,

사람에 대한 연민과 사랑이 넘치는 인도주의자였다. 또 돌보지 못했던 아내와 아이들에 대한 연민과 애정을 숨기지 않았던 자상한 가장이었다. 올해 말, 자신의 병세가 깊어지면서 책상에 오래 앉아 있기조차 힘들었지만, 마지막 순간까지 떨리는 손가락으로 한줄 한줄 글을 남겼다. 그 글에는 그가 평생 사랑했고, 헌신했던 국가와 사회, 민주주의를 위한 염원이 녹아 있었다.

그는 꽃이었다. 피었다 지면 그뿐인 꽃이 아니라, 씨를 틔워 열매를 맺는 영원의 꽃이었다. 생전의 그를 두고 햄릿이라 칭한 사람도 빨갱이라 부른 사람도, 혹은 영웅이나 투사라고 부른 사람도 우리는 다 같이 그에게 빚을 졌다. 이제 우리가 그 분에게 진 빚을 갚는 길은, 져버린 꽃, 인간 김근태를 넘어선 그의 꿈과 염원을 이어가는 것뿐이다. 그것이 이 시대를 살다간 영웅, 용서와 화해를 실천한 평화인에 대한 우리의 진정한 애도이자 조문이다.

"민주주의자 김근태의 구具."

세상에 이보다 더 뜨겁고 눈물 나는 말이 어디에 있겠는가. 붉은 천에 쓰인 흰 글씨 앞에 눈물로 이 기억을 바친다.

이 글은 '오마이뉴스' 2012년 1월 1일 자에서 옮겨 실은 글입니다.

분노를 넘어
인간적 고결함의
시대로

안병진 | 경희사이버대학교 교수

"당신은 아직도 인생이 아름답다고 생각하십니까?" 영화 '박하사탕'에서 점차 영혼이 무너져 가는 전직 고문 경찰관(설경구 분)이 우연히 자신이 고문했던 민주화운동가를 만나 던진 질문이다. 나는 이 질문을 나 자신에게 던져 보았다. 하지만 '네'라고 자신 있게 대답할 수 없었다. 왜냐하면 내 나름으로는 굴곡진 삶을 살면서 소름끼치는 사이코패스를 수없이 만났기 때문이다. 하지만 김근태 선배라면 어떻게 대답했을까? 도저히 인간으로서 생각해 낼 수조차 없는 악랄한 전기고문을 받아 온몸이 망가진 채 살아가야 했던 그이지만, 이 질문에는 단호하게 '네'라고 대답했을 것으로 난 확신한다.

그는 민주화운동의 상징이지만, 나에게는 그 무엇보다도 인상적인 기억이 따로 있다. 오래 전, 재야 운동권 선배의 행사에서 지켜본 그는 참 '바보' 같았다. 모두가 힘 있는 정치인들과 눈을 맞추느라 바쁠 때, 유독 그는 혼자 저 구석에 어색하게 앉아 있는 평범한 외국인에게 다가가 친절한 대화로 시간을 보냈기 때문이다. 김 선배의 영어는 서툴었지만, 그 여성의 행복한 표정을 난 아직도 잊을 수가 없다. 그날 난 어떤 이념이나 직책보다 더 따뜻하고 아름다운 한 인간을 보았다. 어느 시인의 표현처럼 그날 난 바보와 사랑에 빠졌다.

십수 년이 지난 지금 이제는 우리가 모두 '박하사탕' 속 전직 고문 경찰관의 냉소적인 마음이 되어 버렸는지도 모르겠다. 난 식당 계산대 앞에 있는 박하사탕을 집어 들면서 가끔 스스로 묻는다. 우린 다시 그 시절의 맑고 아름다운 사랑에 빠질 수는 없을까?

하지만 요즘 기분이 우울하다. 1980년대 민주화의 시대만큼이나 거대한 시대적 전환기를 맞이했는데, 맑은 열정과 깊은 생각보다는 혼탁한 동기와 표피적 이익으로만 세상을 보는 이들이 많기 때문이다. 안타까운 마음에 여기저기 공적 지식인으로서 부딪쳐 보지만, 내공 부족으로 별 성과가 없다. 어떤 이들은 이 과정에서 내가 정계에 진출하려 한다는 희한한 소문까지 내는 모양이다. 그들에게 인간 행위는 아름다운 가치보다는 오직 계산과 국회의원 배지로만 설명되는가 보다.

그들의 편협한 인생관과 달리, 우리 삶은 고결함으로 성숙해 갈 수도 있다. 지난해는 국내외적으로 분노와 민란의 시대였다. 극단적인 불의와 천박한 탐욕 앞에 분노하고 저항하는 것은 가장 인간적인 모습이다. 하지만, 과거 에마뉘엘 테레라는 철학자가 지적한 것처럼, 분노는 거울 속 우리의 얼굴도 일그러지게 만든다.

올해는 분노와 저항에서 한발 더 나아가, 저들도 고개를 숙일 수밖에 없는 인간적인 고결함으로 새로운 미래를 설계해야 한다. 김근태 선배는 자신의 온 삶을 파괴한 전기고문 기술자조차 용서하며 그들에게 인간의 고결함을 보여 주었다. 아직도 인생은 아름답다고 생각하느냐 하는 저들의 냉소적인 질문에, 우리는 이제 실천으로 단호히 대답해야 한다.

우리가 맑은 기운을 모아 새로운 대한민국을 만들어 간다면, 낡은 박정희 시대의 패러다임에 포획되어 있지만, 다른 가능성을 찾는 이들도 결국은 마음을 열고 합류할 수 있다. 이미 진보와 보수를 떠나 이제는 대한민국이 박정희 시대의 특징인 특권층의 체제에서 모든 시민의 자유로운 삶을 위한 공동체(민주공화국)로 이행하고 있다는 인식이 공감대를 확대해 가고 있다. 비록 김근태 선배는 서거했지만, 그의 오랜 민주공화국의 꿈은 드디어 올해 총선과 대선에서부터 실현될 것이다. 저들이 우리를 분노로 일그러지게 하고 우리의 현실 속 계산이 앞설 때, 언제나 그의 영정 사진 속 따뜻하고 바보 같은 미소를 떠올렸으면 좋겠다. 따뜻하게. 바보같이.

이 글은 '한겨레신문' 2012년 1월 2일 자에서 옮겨 실은 글입니다.

내 기억
속의
김근태

이기수 | 경향신문 정치부장

"어서 와."

이 말과 함께 그는 언제나 일어나 눈을 맞추고, 손을 내밀었다. 의원회관에서 책을 읽다가도, 한반도재단에서 회의하다가도, 창동 그의 집에서 만날 때도 그랬다. 2002년 3월 대선 후보 경선 전 제주의 한 모텔에서 러닝셔츠만 입고 연설문을 독회할 때도, 그해 초 국회 의원동산에서 쿠바를 다룬 영화 '부에나비스타 소셜 클럽'을 보며 팬클럽과 어울릴 때에도 "어서 와"로 열리는 그의 말과 몸짓은 같았다. 부드러운 눈빛도.

1995년 여의도에서 김근태를 처음 봤다. 다음해 그는 첫 국회의원 배지를 달았고, 나는 정치부를 떠났다가 2000년에 돌아왔다. 당시 나는 대선을 준비하던 김근태와 동교동을 담당했다. 2002년 김근태와 권노갑이 정면 충돌해 날마다 북극, 남극을 오가며 취재한 적도 있다. 공석, 사석에서 기자와 정치인으로 만났던 지난 11년. 내 취재 수첩엔 세상에 알려지지 않은 김근태의 비망록과 추억이 많이 쌓였다.

2011년 12월 29일 "빨리 와 보라"는 문자를 받고 달려간 서울대학병원 중환자실. 다섯 달 전, 생애 마지막이 된 경향신문과의 인터뷰 때 보고 다시 마주한 그는 고통스럽게 숨을 몰아쉬고 있었다. 그가 끔찍이 아끼던 막내딸 병민이 울고 있었다. 명치 끝에서 뜨거운 것이 치솟고, '인간 김근태'가 스쳐갔다.

2001년 7월. 보좌관 김현수가 그의 빈 방을 찾은 기자에게 말했다. "우리 말은 듣지 않아요. 좀 해봐 줄래요." 물고문 후유증인 만성 비염 문제였다. 연설할 때, 고음으로 가면 탁 터지는 사람이 있고, 그처럼 부정확한 코맹맹이 소리가 이어지는 사람이 있다. 다음날 그의 방을 찾았다. "기자들이 도저히 못 알아듣겠대요. 코 수술 안할 거면 대선 나올 생각도 마세요." 눈만 꿈뻑거릴 뿐, 그는 말이 없었다.

일주일 뒤, 김근태는 여름휴가를 냈고 강북삼성병원에서 수술대에 올랐다. 마취할 때, 그의 눈에선 눈물이 흘렀다. 나중에 그는 "(1985년 남영동 대공분실에서) 알몸으로 칠성판(고문대)에 오르던 생각이 났다"고 말했다. 물과 불이 할퀴고 간 고문의 트라우마였다. 옆을 보려면 몸과 얼굴을 같이 돌려야 했던 김근태는 늘 그렇게 혼자만의 악몽, 병마와 싸웠다.

그는 자책이 많고 겸손하고 검소했다. 비염 수술이 있기 직전인 2001년 7월 초. 양평에서 '화해와 전진 포럼'이 열렸다. 김근태, 이부영, 김덕룡, 함세웅, 송기인, 법륜, 신경림, 유시춘…. 여야를 떠나 정치 개혁하자고 시작한 모임인데, 이 모임에서 뒤풀이 때 유인태가 춘 꼽추 춤과 함께 냅킨 한 장이 기억에 남는다. 서울에서 김근태의 자동차에 몸을 실었다. 해 저물 무렵 양평 해장국집에 들렀다. 그는 경기도 양평에서 초등학교를 나왔다고 했다. 그의 냅킨이 눈에 들어왔다. 나는 입을 닦느라고 벌써 냅킨을 몇 장째 쓰고 있는데, 그는 이리 접어 닦고 저리 접어 닦으며 끝내 단 한 장으로 식사를 마쳤다. "빵(감방)에서 몸에 뱄는데, 괜찮은 습관"이라며 웃었다.

2004년 2월 13일. 국회에서 이라크 추가파병 결의안이 채택됐다. 반대하던 김근태 원내대표도 찬성표를 던졌다. 본회의장을 나오던 그에게 소회를 물었다. '소신은 다르지만…당론을 따를 수밖에 없었다'라고 말할 줄 알았다. "미안해." 단 한 마디뿐이었다. '김근태스러웠다.'

어느 여름날이었던가. 의원회관 입구에서 마주친 김근태는 엘리베이터에 오르자마자 "이기수, 나 오늘 이근안 봤어"라고 말했다. 길에서 지나치다가, 뒤돌아보고, 달려가서 "이근안? 이렇게 불렀다"고 했다. 그러자 이근안이 돌아보면서 "의원님, 죄송합니다"라고 했단다. 얼굴만 한참 바라보다가 "이제 됐습니다. 가 보십쇼." 그렇게 말하고 헤어졌단다. "아직도 마음은 다 아닌데, 용서를 했다"고 했다.

김근태는 축구를 좋아했다. 감옥에서 나온 신영복 교수 환영연도 축구로 시작했다. 지난 7월 인터뷰 때도 축구 얘기가 나오자 입가에 웃음이 흘렀다. "요즘 골이 안 들어가. 슬럼프야." 몸이 힘들어도 주말이면 골대 앞에서 '황제축구'를 즐겼지만, 그마저 못할 때가 많아진 것이 아쉬운 것이었다. 틈틈이 산에서 맨발로 걷는다고 했다.

2008년 내가 미국 연수 간다고 인사차 인사동에서 함께 밥 먹은 적이 있다. 집에 가는 길에 같이 지하철을 탔다. 배지를 잃고, 자동차와 비서들을 물린 뒤였다. "경제적인 형편도 그렇지만, 이게 편해." 그가 말했다. 그에게 "촛불 없는 세상에서 김근태 국회의장 어떠냐"고 덕담을 했고, 그는 그저 "빨리 돌아와" 하고는 웃으며 헤어졌다.

그날 그는 또 하나의 어록을 남겼다. "대통령도, 국회의원도, 구의원도 다 직업으로 보면 안 된다." 거기서 문제가 생긴다며, 왜 다른 사람이 아니고 나여야 하는지, 또 무엇을 해야 하는지 하는 소명의식이 있어야 한다고 했다.

그 후로도 김근태는 촛불집회에 나오고, 무상급식 주민투표 반대 1인 시위를 하고, 희망버스에 올랐다. 그가 떠난 지금, 세상이 그에게 진 빚만 또렷해진다.

아름다운 별이 지고 한 시대가 저물었다. 내 어머니 기일에 유명을 달리한 그의 기일도 평생 잊을 수 없게 됐다. 가까이서 적었던 김근태의 기록을 인재근 여사와 가족에게 보내 드린다. 가늠 길 없을 그 맘에 조금이라도 위로가 됐으면….

이 글은 '경향신문' 2012년 1월 2일 자에서 옮겨 실은 글입니다.

따뜻한
민주주의자
김근태

이준구 | 서울대학교 경제학부 교수

　대학교 2학년이나 3학년이 되던 어느 봄날이었습니다. 얼굴이 유달리 희고 자그마한 체구를 한 사람이 강의실로 들어섰습니다. 김근태. 그는, 내가 나온 고등학교 삼 년 선배인데, 민주화운동 집회에 연루되어 거의 끌려가다시피 해서 군대에 갔다 왔다고 했습니다. 사실 그때만 해도 '김근태'라는 이름 석 자가 운동권의 대명사로 불릴 만큼 유명했던 것은 아니었습니다. 단지 민주화운동 집회를 열심히 했을 뿐이지 운동권의 핵심은 아니었던 것으로 짐작합니다. 그때에는 운동권이 그리 조직화되지 못한 때이기도 했습니다. 박정희 독재가 점차 강화되면서 운동권도 조금씩 조직화되어 갔습니다.

　선배는 세 살 정도 어린 우리와 허물없이 잘 어울렸습니다. 그에게서 운동권이라는 인상은 전혀 없었고, 그저 평범한 복학생으로 느꼈습니다. 그때 학우들은 틈만 나면 농구장으로 달려갔는데, 선배도 늘 우리와 함께 뛰었습니다. 내가 골대를 향해 공을 던지려는 선배 바짓가랑이를 잡고 반칙하던 기억도 납니다. 하루는 농구를 끝내고 강의실로 향하는데 목이 몹시 말랐습니다. 나는 후배들이 선배들에게 곧잘 하듯, "선배님, 콜라 좀 사 주세요!"라고 졸랐습니다. 선배는 굳은 얼굴로, "나 지금 돈이 하나도 없어" 했습니다. 나는 그날 선배가 지은 그 표정을 생생하게 기억합니다. 나중에 알았지만, 선배는 용돈은커녕 주머니에 교통비조차 없는 처지였습니다. 그런 터에 후배가 음료수를 사 달라고 어리광을 부리니 얼마나 곤혹스러웠겠습니까?

십여 년 전, 선배와 정운찬 교수를 만난 자리였습니다. 그날 선배는 대학 다닐 때, 정운찬 교수가 자신에게 장학금을 양보한 일을 떠올리며, 그때 정말 고마웠노라고 말씀하셨지요. 그러면서 눈물을 글썽이던 모습이 눈에 선합니다. 얼마나 형편이 어려웠으면 장학금을 양보 받아 학교에 다녀야만 했을까요.

집회가 있을 때마다, 선배는 늘 열성으로 참여하는 기색이었습니다. 그러나 우리한테 집회에 참여하라고 강요하지는 않았습니다. 어디선가 고백했듯이, 학생 시절에 나는 집회에 참여한 적이 거의 없습니다. 겁이 많아서 그랬습니다. 그런 내가 얄미울 만도 할 텐데, 선배는 한결 같았습니다. 우리 둘은 그저 평범한 선후배로 어울려 다녔는데, 가끔씩은 무슨 책을 읽으면 좋다는 말을 했습니다. 그때 선배는 나에게 존 스투어트 밀J. S. Mill의 「자유론」을 읽어 보라고 성심껏 권하기도 했습니다.

항간에 그분은 좌파 인사로 알려져 있습니다. 나중에 다시 말씀 드리겠습니다만, 걸핏하면 간첩 혐의로 피신하기 일쑤였습니다. 그러나 내가 본 그때 선배는 결코 좌파가 아니었습니다. 나한테 좌파 서적을 권한 적은 단 한 번도 없었노라고 자신 있게 말할 수 있습니다. 한번은 셰익스피어의 「햄릿」 얘기가 나왔습니다. 자신은 그 책을 열 번이나 읽었는데 얼마나 큰 감동을 받았는지 눈물까지 흘렸다더군요. 많은 사람은 김근태라는 이름에서 강인한 투사를 떠올릴 것입니다. 그러나 내가 본 김근태는「햄릿」을 읽고 눈물을 흘릴 만큼 감수성이 풍부하고 성정 또한 부드러운 이였습니다.

선배는 4학년 때부터 심상치 않은 기색을 보였습니다. 수업에 빠지는 날이 잦더니 어느 때부턴가는 아예 얼굴을 볼 수가 없었습니다. 들리는 말로는, 수배령이 떨어졌다더군요. 그때 무슨 시국 사건이었는지는 기억나지 않습니다. 그러던 어느 날, 나는 자기를 치안국(지금의 경찰청) 형사라고 소개하는 사람한테서 전화를 받았습니다. 그는, 김근태 씨와 친하지 않느냐고 묻고는 다음날 치안국 부근의 커피숍에서 만나자고 했습니다. 다음날 약속 장소로 가니, 형사 두 명이 나와 있었습니다. 한 형사가 대뜸 "너희 집에서 김근태 며칠 재워 줬니? 다 알고 있으니 정직하게 말해라!" 하고 다그치더군요. "며칠이라니요? 전 최근에 그 선배님 본 적도 없는데요!"라고 항변하자, 다음에 눈에 띄면 우리한테 즉각 신고하라며 전화번호를 주더군요.

재미있는 것은 나에게 신고하라고 얘기하면서 한 말이었습니다. 두 사람 가운데 비교적 표정이 온순한 형사가 전화번호를 내밀면서 "이루어질 수 없는 꿈일까?"라고 말하더군요. 마치 자신들도 내가 신고하지 않으리란 걸 잘 안다는 듯이 말입니다. 용건을 전달하고서도 그들은 나를 치안국 어느 방으로 데리고 가서는 의자에 앉아 있게 했습니다. 아무 일도 없이 삼십 분가량 앉아 있다 나왔는데, 그건 그들이 겁을 주는 전형적인 수법이었습니다. 공포 분위기에 몰아넣어 주눅 들게 하는 수법이지요. 그 뒤로도 그들은 두 번에 걸쳐 접촉을 해왔습니다. 김근태를 간첩 혐의로 수배했으니 수사에 협조하라는 얘기였습니다.

민주화운동을 하는 사람을 모두 간첩으로 몰아 박해하던 시절이었습니다. 나중에 알고 보니, 나만이 아니라 많은 학우가 그런 일을 당했더군요. 김근태의 행방을 찾기 위해 학우들을 샅샅이 뒤지고 다녔던 것입니다. 그중에서는 말을 잘못해 치도곤을 맞은 친구도 있었습니다. 그렇지만 공포에 질려 자신이 무슨 일을 당했는지 말조차 제대로 꺼내지 못했습니다. 위협을 가하며 입단속을 했을 게 불 보듯 뻔하지요. 최근에서야 그때 그 친구들이 무슨 일을 당했는지 알았습니다.

세월이 흘러 내가 군복무를 마치고 직장에 다닐 때, 선배가 한번 찾아온 일이 있습니다. 수배 중일 텐데 어떻게 서울 도심에 활보하고 계시느냐고 물었더니, 요즈음은 조금 느슨해졌다고 말씀하더군요. 지금도 아쉬운 것은 그때 선배 사정이 딱했을 텐데 따뜻한 점심 한 끼도 대접하지 못한 일입니다. 선배는 내가 곧 유학을 떠난다는 사실을 알고 있었고, 공부 많이 하고 오라고 격려해 주었습니다. 미국에 가더라도 우리나라 일에 계속 관심을 갖기를 당부하더군요.

1984년 귀국해 보니, 선배는 민주화운동의 거목이 되어 있었습니다. 선배가 고문당한 해가 1985년인데, 그때에는 그 사실을 몰랐습니다. 최근에 선배를 고문한 형사의 회고담을 신문에서 읽고 격분한 적이 있습니다. 자신은 겁만 주었을 뿐, 고문한 적은 없다고 발뺌하더군요. 그가 한 말이 사실이라면, 선배가 거짓말을 했다는 말입니까? 나는 정권의 하수인이 되어 고문을 자행한 사람에게는 눈꼽만큼 정상을 참작할 여지는 있을는지 모른다고 생각합니다. '목구멍이 포도청'이라는 말이 있듯, 자기 직책을 내놓고 상부 명령을 거부하기 힘들는지 모른다고 생각하기 때문입니다. 그러나 고문을 자행한 행위는 어떤 구실로도 용서받을 수 없고, 더군다나 그 고문 피해자에게는 무슨 말로 사과를 해도 충분할 수가 없는 겁니다. 남은 삶을 진실로 참회하며 살아도 모자랄 겁니다. 그런데 자신은 고문을 하지 않았고 겁만 주었을 뿐이라고 발뺌을 하니 이 얼마나 가증스러운 일입니까? 지금은 목사가 된 이근안에게 묻고 싶습니다. 하늘이 무섭지 않느냐고.

선배가 국회의원으로 활동하던 시절에 잠깐 만난 적이 있습니다. 그 자리에서 국민의 정부가 일을 시시하게 한다고 비판했더니 선배님은 아주 곤혹스러운 표정을 지으시더군요. 정부 안에 개혁을 탐탁해하지 않는 세력이 있어 개혁을 추진하기가 쉽지 않다는 말에 공감이 갔습니다. 그동안 나는 정치판에 발을 들여놓을 생각이 추호도 없다는 뜻을 여러 차례 밝혔습니다. 어느 누가 대권에 도전한다 해도 그를 도와 일을 도모할 생각은 없습니다. 그러나 김근태 선배가 대권에 도전한다고 가정하면, 내 말을 지킬 자신이 없습니다. 그가 내 손을 꼭 붙잡고 도움이 필요하다고 하면, 내가 어찌 그 손을 뿌리칠 수 있을까요. 실제로 그랬다면, 아마 사람들 눈에 띄지 않게 도움을 드렸을 테지요.

나와의 약속을 저버릴 만큼 선배를 좋아하고 존경합니다. 난 사람들이 김근태의 진가를 모르는 것이 아주 답답합니다. 김근태는 이 땅의 진정한 자유주의자입니다. 인간의 자유와 권리가 그 무엇과도 바꿀 수 없는 소중한 가치라는 신념이 그의 정신세계의 핵심이라고 생각합니다. 선배는 사람들이 생각하듯 과격한 사람이 아닙니다. 활동이 다소 과격했다는 느낌을 줄 수 있을는지 몰라도, 그 과격성은 독재 정권이 강요한 것이라고 봅니다. 밀의 「자유론」에 심취해 있던 온건한 자유주의자를 끊임없이 핍박해 과격한 운동가를 만들어 버렸다는 것이 내 평가입니다.

선배가 후배인 나에게 보내 주던 인간적인 면모와 따뜻한 시선을 잊을 수가 없습니다. 이기적인 나를 꾸짖지 않고 사회의식을 갖도록 부드럽게 인도해 주었습니다. 오늘날 내가 상아탑 속에 안주하지 않고 사회의 부조리에 눈뜬 것은 선배의 영향이 컸습니다. 이웃을 위해 자기 모든 것을 버린 분이 있다는 사실이 나에게는 채찍이 되고 있습니다.

우리는 아까운 지도자를 잃었습니다. 김근태는 세상에 떠도는 평가보다 훨씬 더 훌륭한 사람이었습니다. 그 원인이 언론의 왜곡 보도든 혹은 단순한 무관심이든, 사람들은 그의 진정한 모습을 잘 몰랐습니다. 도덕이 실추되어 버린 이 암울한 세상에서 그의 완벽한 도덕성은 한 줄기 빛이었습니다. 어렵게 쌓은 민주화의 토대가 위험하게 흔들리고 있는 이 살벌한 세상에서 민주화에 대한 그의 끈질긴 열망은 우리가 차마 놓을 수 없는 희망의 끈이었습니다. 그런 훌륭한 사람을 알아보지 못한 우리였는데 누구를 원망하겠습니까?

그러나 나는 정치가로서의 김근태보다는 인간으로서의 김근태를 더 오래 기억하고 싶습니다. 한없이 맑은 심성을 가졌으며, 남을 배려하는 따뜻한 가슴을 가진 그를 오래오래 기억하고 싶은 것입니다. 김근태 선배의 맑은 눈길이 새삼 그리워지는 날입니다.

이 글은 서울대학교 학내 게시판에서 옮겨 실은 글입니다.

김근태를
가슴에 묻고
"2012년을 점령하라"

전홍기혜 | 프레시안 기자

꼭 10년 전 일이다. 2002년 봄으로 기억된다. 그해도 대선이 있었고, 정치권 안팎은 민주당에 처음 도입된 국민 참여 경선을 통한 '노무현'이란 스타 정치인 탄생에 열광하고 있을 때였다. 대중을 휘어잡는 거침없는 화법, 자신에 대한 공격을 능수능란하게 되받아치는 뛰어난 임기응변, 무엇보다 대세론을 이루고 있던 상대방 이회창 후보와 정반대인 살아온 이력과 소탈한 성격. '바람'은 거셌고, 그만큼 대중의 '열망'도 커졌다.

두 달간의 이 축제에 겉으론 웃었지만, 속으론 웃을 수 없었던 이들이 당시 경선에 참여했던 후보들이었다. 김근태 민주통합당 상임고문도 그중 한 사람이었다. 그는 2002년 3월 12일 7명의 후보 가운데 가장 먼저 경선 포기를 선언했다. '민주화운동의 대부'인 김 고문은 당시 경선 후보들 중 노무현과 정치적 노선에서는 가장 가까웠지만, 스타일은 정반대였다. '여의도 햄릿'이 별명이던 그는 진중하지만, 기민성은 떨어졌다. 이 역시도 1985년 남영동 대공분실에 끌려가 '고문 기술자' 이근안한테 당한 전기고문과 물고문의 영향 때문이라는 게 주변인들의 증언이다.

174 김근태, 당신이 옳았습니다

그즈음 나는 아주 우연히 종로구 인사동 한 술집에서 김 고문을 만났다. 김모 시인이 평소 지인들과 모인 자리에 김 고문이 뒤늦게 합석했다. 참석자 중 한 사람이 김 고문에게 오라고 여러 차례 종용했던 것으로 기억한다. 상황이 상황인지라 술자리는 길어졌고, 술집 주인까지 끼어들게 되면서 그 작은 술집은 일행의 하룻밤의 '해방구'가 됐다. 막판엔 70년대 팝음악을 틀고 춤까지 추었다. 그때 처음이자 마지막으로 봤다. 김 고문의 춤추는 모습을. 평소 그의 성격을 보건대 그와 춤춰 본 유일한 여기자일지도 모른다.

　그는 춤도 참 그답게, 점잖게 췄다. 허한 마음에, 술자리에 있던 모든 사람들의 강권으로 수줍어하며 허우적허우적 팔다리를 놀렸다. 1970년대의 흥겨운 디스코 음악에 맞춘, 탈춤도 아닌, 다른 무슨 춤이라고 하기도 어려운, 느릿한 그의 춤사위가 참으로 슬퍼 보였다. 그 세대의 많은 이들이 그랬겠지만, 젊은 시절 맘 편히 춤춰 본 일이 있었을까. 정치권에 입문한 뒤 화려한 스포트라이트를 받기보다는 늘 바른 말을 하는 비주류의 길을 택했지만, '첫 대선 후보 경선 중도 사퇴'라는 성적표는 그로서도 흔쾌히 받아들기 힘든 것이었으리라. 그날 '여의도 신사' 김근태는 인사동에 와서 그렇게 일탈이라고 할 수 없을 정도의 '일탈'을 은밀히 즐겼다.

　새벽녘 헤어지면서 김 고문은 그 자리에 있던 사람들의 손을 일일이 꼭 잡으며 "고맙다"고 인사를 건넸고, 기자는 그에게 "의원님, 힘내십시오!"라고 술김에, 아니 진심을 담아 말했다. 당시 거리에 피어 있던 꽃이 무엇인지 모르겠지만, 달큰한 봄 향기를 맡으며 여전히 춤추는 듯 멀어지는 그의 뒷모습을 보며 가슴이 저렸다. 취재원으로 만난 정치인들 중 가장 애틋하게 다가왔던 게 김근태, 바로 그였다.

정치는 정의를 다투는 공간이다. 민의를 대변하는 일이 대의민주주의에서 정치인이 하는 일이기에 '공익'과 '정의'는 최우선의 가치다. 하지만 정치는 선거를 통해 승패를 다투는 공간이기도 하기에 늘 '정의'가 앞서지는 않는다. 좀 더 현미경적 관찰을 하면 정치인들 중에 이기기 위해 '공익'과 '정의'는 저 뒤로 물리는 이들이 대다수다. 지더라도, 깨지더라도, 끝까지 '옳은 일'을 택하는 정치인은 드물다. '정치인의 거짓말'에 대한 뉴스가 끊이지 않는 이유가 이 때문이다. 선거 때 '공익'에 따른 약속을 했다가 당선되고 나면 뒤집는 게 다반사다.

그런 점에서 김근태는 '미련한 정치인'이었다. 한-미 FTA, 의료 민영화, 아파트 분양원가 공개, 이라크 파병 등 그가 속한 정당의 정치인들이 '이기고 나서', '이기기 위해' 숱하게 말을 바꿨어도, 그는 끝까지 고집했다. 부동산 원가 공개와 관련해 "계급장 떼고 논쟁해 보자", 한-미 FTA와 관련해 "참여정부가 타결할 생각이라면 나를 밟고 가야 된다"는 그의 '어록'이 이 과정에서 나왔다.

2002년 대선 경선 당시 정책 노선에선 노무현 후보와 가장 교집합이 많았던 그가 노무현 정부 들어 여권 내에서 가장 대척점에 선 정치인 중 하나가 됐다. 열린우리당 의장 자리에서도, 복지부 장관 자리에서도, 그는 내부의 적과 싸웠다. '왕따'가 되는 수모를 감수하면서도 말이다.

김 고문이 싸웠던 참여정부 말기의 한-미 FTA 추진 세력에 대해 최장집 고려대 교수는 "신자유주의 엘리트 정치 동맹"이라 규정했다. 그리고 그 "신자유주의 엘리트 정치 동맹"이 이명박 정부까지 이어졌고, 서민들의 삶은 더 궁핍해졌다. 2010년 지방선거 때부터 조짐을 보이기 시작해 2011년 몇 번의 선거에서 여실히 드러난 '반MB' 표심은 '1퍼센트 대 99퍼센트'의 사회를 만든 정치권을 포함한 기득권층에 대해 분노한 민심의 반영이다.

그의 빈자리를 채울 정치인이 얼마나 나올 수 있을지 확신하기 힘들다. 대중들의 변화에 대한 열망을 '반MB' 전선을 치고 '일대일' 구도를 만들면 자신들의 것이 될 거로 생각하는 다수의 정치인들을 만나면 더 그렇다. '묻지마 정권 교체'를 위해 빠르게 재편되는 정치권이 총선과 대선이라는 두 번의 '난장'을 치른 뒤, 변화를 이끈 대중들의 기대와 요구에 부응할 준비가 얼마나 돼 있는지도 의문이다.

김 고문은 생전에 마지막으로 쓴 글을 통해 "2012년을 점령하라"는 말을 남겼다. 정권 교체에 대한 열망을 넘어선 '김근태 정신'이 "2012년을 점령" 할 수 있을까. 꼭 10년 전 있었던 선거를 통해 탄생했던 정권의 과오를 되풀이하지 않을 수 있을까. '선거의 해' 2012년을 이틀 남겨두고 떠난 '정치인 김근태'가 던진 화두이기도 하다.

이 글은 '프레시안' 2012년 1월 3일 자에서 옮겨 실은 글입니다.

민주주의자 김근태가 걸어온 길

민주주의자 김근태의 삶과 꿈   성한용 | 한겨레신문 선임기자

한 사람이 살아온 일생을 글 한 편으로 정리하기란 쉽지 않은 일이다. 더군다나 김근태 전 민주통합당 상임고문처럼 격동하는 역사의 수많은 고비를 온몸으로 부딪치며 살아온 인물은 더더욱 어렵다.

김 고문은 일생동안 싸움만 한 것이 아니다. 그는 누구보다 많은 생각을 했다. 싸우면서 생각했고, 일하면서 생각했다. 어린 시절부터 독서로 단련된 그의 사고는 매우 체계적이고 정교했다. 그런 사람이 일생동안 도대체 어떤 생각을 했는지, 무슨 말을 했는지, 무슨 글을 썼는지를 뒤늦게 추적해서 정리하는 일은 학식과 경험이 짧은 나 같은 사람이 애초에 도전해서는 안 되는 일이었다.

그럼에도 그가 무엇을 위해 일생 동안 그토록 처절하게 투쟁했는지, 우리 민족과 공동체 구성원 개개인의 미래를 어떻게 그리고 생각해 왔는지, 기록을 찾아서 대중적인 언어로 전달하는 일은 누군가 반드시 해야 한다고 생각했다. 이제 김근태는 갔지만, 그가 구상했던 '좀 더 나은 세상'을 이루는 숙제는 산 자들의 몫으로 남았다.

김근태!

그의 삶은 해방 이후 남한 사회를 줄곧 지배해 온 억압 세력과의 전면적인 투쟁이었다. 분단 체제를 강화해 기득권을 유지해 온 군 출신 독재자와 하수인들, 노동자를 수탈해 부를 쌓은 독점 재벌, 지역 분할 통치로 권력을 사유화한 정치 세력이 바로 김근태가 맞서 싸운 적들이었다. 적어도 표면적으로는 그렇다.

하지만 김근태가 진정으로 맞선 것은 특정한 사람들이 아니라, 1퍼센트가 99퍼센트를 지속적으로 지배할 수 있도록 정교하게 고안되고 발전되어 온 부당한 시스템이었을 것이다.

이 괴물과의 싸움에서 그는 모진 핍박을 받았고 포로로 붙잡혀 고문을 당했다. 그가 구상했던 완성된 형태의 민주 통합은 아니었지만, 선거에 의한 정권 교체로 일시적인 승리를 거두기도 했다. 그는 괴물의 부활을 막기 위해 이리저리 뛰어다녔고 직접 대통령직에도 도전했다. 그러나 이런 노력은 결실을 거두지 못했다.

2007년 보수 세력에 정권을 다시 넘겨주고, 2008년 그 자신이 18대 국회의원 선거에서 유권자들로부터 외면받았을 때, 그는 괴로워했다. 자신의 낙선을 힘겨워한 것이 아니다. 국민의 고통을 민주 세력이 해결해 주지 못했고 그 때문에 심판받은 것이라고 생각했기 때문이다.

민주 진보 세력의 재집권을 위해 절치부심하던 그는 고문 후유증이 급속히 악화되면서 갑자기 쓰러졌다. 그리고 다시 일어서지 못했다.

그는 결국 실패한 것일까? 아니다. 세속적으로 성공하는 것과 역사에서 성공하는 것은 차원이 다르다. 민주주의자 김근태는 이 땅의 민주화를 앞당겼고, 정치인이 어떤 자세로 국민을 대해야 하는지 온몸으로 보여줬다.

김근태는 누구일까? 도대체 무엇을 위해 일생동안 싸웠던 것일까? 그가 우리에게 남긴 과제는 무엇일까?

남한강에서 멱을 감고 밤하늘의 별을 바라보던 유년의 기억

김근태는 1947년 경기도 부천에서 태어났다. 그러나 출생지 부천은 그의 기억에 없다. 초등학교 교장선생님이던 아버지를 따라 여기저기 이사를 다녔기 때문이다. 그는 평택 청북초등학교와 진위초등학교를 다녔고, 경기도 양평군에서 원덕초등학교를 다니다가 양수초등학교에서 졸업했다. 그는 자주 전학을 다니면서 늘 새로운 친구를 사귀어야 한다는 강박감에 시달렸다.

그래도 고향은 어린 소년에게 소중한 추억이었다. 남한강에서 동무들과 멱을 감고 밤하늘의 별을 바라보던 기억은 김근태의 자산이었다. 그는 어른이 되어서도 양평 너른 평야나 남한강가에 가면 차를 세우고 한참을 서서 들과 강과 하늘을 바라보곤 했다.

어린 시절
어머니, 그리고
누나와 함께.

중학교 입시에서 겪은 좌절, 경기고등학교 합격으로 극복하다

소년에게 첫 시련이 찾아왔다. 경복중학교 입시에서 낙방한 것이다. 그때를 회상하며, 그는 하늘이 무너지는 듯했다고 표현했다. 광신중학교에 수석으로 입학했지만, 일류 중학교 학생이 아니라는 열등감에 모자를 푹 눌러쓰고 다녔다. 좌절은 사람을 주저앉게도 하지만, 발버둥치게도 한다. 그는 후자였다. "불 끄고 잠 좀 자라"는 부모님의 말씀을 들으며, 잠

중학교를 졸업하던 날.

이 오지 않는 약을 먹어 가면서 밤늦게까지 공부했다. 그는 결국 목표로 삼은 경기고등학교에 입학했다.

그는 중학생 시절부터 문학작품을 가까이했다. 서울사대 교육과에 다니던 그의 형이 번역해 읽어 주던 에밀리 브론테의 「폭풍의 언덕」을 좋아했다. 헤밍웨이의 「노인과 바다」, 「누구를 위하여 종을 울리나」도 읽었다. 창덕여고에 다니던 누나가 빌려 온 소설도 그에게는 강한 인상을 남겼다. 형에게서 영향을 받아 일기를 쓰기 시작했지만, 대학에 들어가 학생운동을 하면서부터 일기는 물론이거니와 메모도 하지 않게 됐다. 일기와 메모는 친구들을 옭아 넣을 수 있는 결정적 증거였기 때문이다.

생활고가 시작되고, 초라해진 아버지 모습을 받아들이지 못하고…

1961년 박정희의 5·16 쿠데타가 났을 때, 그는 중학교 3학년이었다. 아버지는 정년 단축으로 갑자기 학교에서 쫓겨났다. 아버지는 그 충격으로 심장판막증에 걸렸고 5년 정도 더 살다 돌아가셨다.

경기고 시절, 그는 그리 행복하지 못했다. 처음 일 년은 다른 중학교 출신이라는 설움을 받아야 했다. 학교 공부도 낯설고 치열해서 2학년이 되어서야 비로소 반에서 1, 2등을 할 수 있었다.

문제는 생활고였다. 아버지의 퇴직금은 얼마 가지 않아 다 떨어졌고, 수입이라곤 대학생인 형이 가정교사를 해서 가져오는 것이 전부였다. 참다 못한 아버지는 불편한 몸을 이끌고 동대문시장에서 스타킹과 양말을 떼어 와 학교를 돌아다니며 팔았다. 비닐 가방을 들고 이 학교 저 학교로 돌아다니던 아버지 모습이 그에게는 고스란히 아픔으로 남았

경기고등학교 시절.
가운데 앉아 있는 학생이
김근태다.

다. 그런 아버지를 그는 좋아하지 않았다. 동네 노인들이 그를 보고 "아버지와 빼다 박은 듯 똑같다"고 말할 때, 그는 속으로 '아니에요, 나는 아버지하고 달라요' 하고 말했다.

그가 아버지를 받아들인 것은 오랜 시간이 흐른 뒤였다. 숨어서 결혼도 하고 아들도 낳은 뒤였다. 박정희의 죽음으로 도피 생활을 끝내고 돌아와 아버지 제사를 드리는 자리에서, 그는 오열했다. 고단한 도피 생활을 아버지께 말씀드리고 싶었고, 그때서야 비로소 산다는 것이 무엇인지 어렴풋이 깨달았기 때문이다. 그는 아버지에 대한 자신의 건방짐과 교만함을 용서해 달라고 간절히 빌었다.

세상일에 아직 눈뜨지 못한 고등학생, 박정희 정권을 지지하다

생각이 일찍 깨인 사람들은 중학교나 고등학교 때부터 세상사에 관심을 둔다. 이승만, 박정희 정권 아래 학교에 다닌 사람 중에 특히 그런 사람들이 많았다. 고등학생들도 시위에 가담하는 일이 잦았다. 그러나 김근태는 일찍부터 깨인 사람이 아니었다. 오히려 반대였다. 그는 경기고 시절 내내 박정희 정권을 지지하는 편에 섰다. 한일회담 반대 시위에 전교생이 참여할 때에도 그는 급우 두어 명을 설득해 교실에 남아 있었다. 그 전해인 1963년에 있었던 대통령 선거에서 그는 경제개발 5개년 계획을 주장하는 박정희 편을 들었다.

그는 살림에 보탬이 되기 위해 고등학교 2학년 때부터 입주 과외를 했다. 보건사회부 공무원의 집에서 그 집 아들을 가르쳤는데, 그 집에서 받은 돈으로 스탕달과 강경애의 소설들, 「역사란 무엇인가」 같은 책을 사서 읽었다. 그는 학원사에서 주는 장학금도 받았다.

모범생이던 그는 서울대에 들어갔다. 아버지는 그가 의대나 법대에 가길 바랐다. 그러나 적록색약이어서 의대는 일찌감치 포기했고, 법대는 단숨에 출세를 바라는 사람이나 가는 곳이라고 생각했다. 그는 버틀란트 러셀을 떠올렸다. 러셀은 경제 문제를 해결하지 못하면 인류를 구원할 수 없다고 했다. 그는 경제학 교수가 되어 국민을 계몽하고 싶다는 '순진한' 생각에서 1965년 서울대학교 상대 경제학과에 진학했다. 그의 표현을 빌면 당시 그는 '풋내기 자유인'이었다.

박정희에 대한 생각이 바뀌는 데는 오랜 시간이 걸리지 않았다

그가 권력의 기만과 민주주의 문제를 조금씩 이해하고 활동하게 된 때는 대학에 들어가서부터였다. 박정희에 대한 생각이 바뀌는 데는 오랜 시간이 걸리지 않았다. 동아리 '경제복지회'에 들어가 진지하게 탐구하고 토론했다. 1967년 그는 상대 대의원회 의장이 됐고 부정선거 규탄 시위를 주도했다. 그리고 경찰서에 끌려가 죽을 만큼 두들겨 맞은 뒤 제적되고 군대에 끌려갔다. 때로는 굴욕적이고 때로는 따분한 군 생활을 하면서 그에게서 민주주의는 점차 희미해지는 듯했다. 1970년 제

대해서 복학했지만, 세상은 여전히 들끓고 있었다. 김근태는 학생운동을 계속할 것인지를 번민했다.

그러던 1970년 11월에 전태일 열사가 분신했다. 그 사건은 그를 다시 민주화운동의 길로 이끌었다.

1971년 대통령 선거와 국회의원 선거가 치러지자 서울대 학생들은 전국에 참관인을 보내는 운동을 벌였다. 위협을 느낀 공안당국은 서울대생 국가내란 음모사건을 조작했다. 조영래, 장기표, 심재권, 이신범 등 친구나 동료는 이 사건으로 모두 감옥에 끌려들어 갔다. 그는 이 사건 배후로 지명 수배되어 도망 다녔다. 당시, 상대 학장은 변형윤 교수였다. 교무과장은 이현재, 학생과장은 강명구 교수였다. 김근태는 이들 교수의 도움으로 피신 생활을 하면서도 대학을 졸업할 수 있었다. 교수들은 다른 학생으로 하여금 졸업 과제를 대신 제출하도록 했다.

"유신이 아니었으면 평범한 월급쟁이나 학자가 되었을는지도…"

박정희는 1972년 10월유신으로 영구집권의 길을 열었다. 10월유신은 김근태의 인생을 다시 한 번 확 뒤바꾸어 놓았다. 그는 나중에 "1972년 몸서리쳐지는 유신이 없었다면 평범한 샐러리맨이나 학자가 되었을지도 모른다"고 회고했다. 그는 당시 많은 젊은이나 지식인들이 그랬듯이 운명적으로 유신독재 정권에 맞설 수밖에 없었다. '독재가 있었고, 민주화를 위한 싸움이 있었다'는 당연한 명제였다.

김근태는 1973년 10월 집으로 돌아와 열 달 동안 철강회사에 다닌 일이 있다. 하지만 어느 날 국군보안사령부에 갑자기 끌려가 두들겨 맞은 뒤 직장을 그만둬야 했다. 유신의 겨울은 이처럼 엄혹했다. 그는 먹고 살기 위해 돈을 벌어야 했다. 공장에 들어가서 일했고, 기술학원에서 강사 생활도 했다. 자격증도 여러 개 땄다.

지명수배로 도피 생활에 들어간 '공소외 김근태'

1975년 서울대생 김상진 열사가 유신체제에 항거해 자결했다. 박정희는 긴급조치 9호로 맞섰다. 명동성당에서 김상진 열사 장례미사를 추진했는데, 이때 김근태는 집회의 배후로 다시 지명수배를 받아 도피할 수밖에 없었다. 이 시기 그에게 붙은 별명은 '공소외 김근태'였다. 시국사건의 법정에서, 체포되지 않은 그를 두고 판사나 검사들이 그렇게 불렀던 것이다. 지명수배는 박정희의 죽음으로써 비로소 풀렸다.

김근태는 1979년 10·26 이후 1983년 민청련 의장이 될 때까지 인천지역 도시산업선교회에서 조화순, 김동환 목사를 모시고 노동 상담역으로 일했다. 주로 노동자 교육, 노동운동 프로그램을 개발했다.

그는 1980년 '서울의 봄' 당시 학생들의 이른바 '서울역 회군'을 고가도로 위에서 지켜봤다. 민주주의에 대한 국민의 강력한 요구가 있었는데도 학생운동 지도부는 이를 외면하는 결정을 내렸다. 하지만 김근태는 어쩔 도리가 없었다.

햄릿을 읽고 깊은 감동에 눈물 흘리는, 감수성 예민한 청년

그가 대학에 다닐 때, 그리고 도피 생활을 할 때 세상을 어떻게 바라보고 무슨 생각을 했을까? 아쉽게도 그때 기록이 별로 남아 있지 않다. 서울대 이준구 교수의 회고를 보면, 대학생 때 김근태는 남들이 보기에 강인한 투사도 아니었고 이념에 몰두하지도 않았던 것 같다. 이 교수는 김근태의 고등학교 3년 후배다. 이 교수의 회고는 '복학생 김근태'로 시작된다. 김근태라는 이름은 서울대에서 별로 유명하지 않았다. 시위를 열심히 했을 뿐, 운동권의 핵심은 아니었다는 얘기다. 당시에는 학생 운동권이 조직화되지 못한 상황이었다.

「자유론」에 심취하고 「햄릿」을 좋아하던 청년 시절의 김근태. 왼쪽에서 두 번째가 김근태다.

김근태는 후배들에게 시위에 참여하라고 강요하지 않았다. 이념 성향이 강한 서적을 읽으라고 권하지도 않았다. 다만, 그는 후배 이준구에게 존 스튜어트 밀의 「자유론」을 읽어 보라고 적극 권했다. 「자유론」은 1859년 출간된 자유주의에 관한 고전이다. 이념 서적과는 거리가 한참 멀다. 밀의 「자유론」에 심취해 있던 온건한 자유주의자를 독재정권이 끊임없이 핍박해 과격한 운동가를 만들었다는 것이 이준구 교수의 평가다.

김근태는 「햄릿」을 열 번쯤 읽은 사람이었다. 깊은 감동에 눈물까지 흘렸다고 했다. 나중에 국회의원이 되고 난 뒤, 그의 별명이 '여의도 햄릿'이었는데, 별명을 지은 사람들은 이런 사실을 알고 있었는지 궁금하다. 그는 선천적으로 감수성이 예민하고 부드러운 사람이었다.

도피 생활 중, 인재근을 만나 설렁탕집에서 약식 결혼식을 올리고

도피 생활을 하면서 투사로 단련되기도 했지만, 김근태는 인생의 중요한 전환점을 맞았다. 부인 인재근을 만난 것이다. 잘 아는 후배 부부의 인연 맺어주기 작전으로 두 사람은 그 후배 집에서 얼굴을 마주했다.

둘 다 수배 중이었다. 서로에게서 느낀 첫인상은 무척 달랐다. 인재근은 김근태에게서 '시대에 짓눌린 어두운 그림자'를 봤다. 김근태는 인재근의 얼굴에서 '어두운 시대를 날려버릴 듯한 명랑하고 쾌활한 웃음'을 봤다.

두 사람은 데이트를 시작했다. 그러던 중 김근태는 '프러포즈'를 생각했다. 그러나 인재근은 비슷한 시기에 '이별'을 생각했다. 부담스러웠던 것이다. 서로 다른 생각을 하면서 영화를 봤고, 김근태의 코피가 터졌다. 마음이 약해진 인재근은 이별할 마음을 접었다. 김근태는 광나루에 있는 민물 매운탕집에서 프러포즈를 했다. 잘 마시지도 못하는 소주를 몇 잔 들이켜고 놀라운 어법으로 청혼을 했다.

"나랑 결혼하자. 그러지 않으면 어디든 도끼를 들고 쫓아가겠다."

김근태는 자신의 입에서도 이런 발칙한 말이 나올 수 있다는 사실을 처음 알았다고 했다. 두 사람은 1978년 인천 부평에 있는 한 설렁탕집에서 약식으로 결혼식을 올린 뒤, 살림을 시작했다. '청소와 이부자리 정리는 김근태, 설거지와 음식은 인재근'이 규칙이었다. 1979년 12월 크리스마스 다음날 아들 병준이 태어났다. 1983년에는 김근태가 평생 가장 사랑했던 딸 병민이 태어났다.

어머니에게는 아들 병준을 낳았다는 소식을 전해 드렸다. 그러나 어머니는 암으로 쇠잔한 탓에 손자를 직접 보거나 안지는 못했다. 박정희의 죽음으로 막내아들이 자유로워졌음을 확인했기 때문일까? 어머니는 1980년 1월 말 세상을 떠났다.

자유의 몸이 되어, 정식으로 결혼식을 다시 치르다

김근태는 어머니 유언에 따라 제대로 된 결혼식을 다시 치렀다. 1980년 4월 26일 흥사단에서 친척, 친구, 선후배들의 축복 속에 성대한 결혼식을 했다. '서울의 봄'으로 자유의 몸이 되었기에 가능한 일이었다. 주례는 변형윤 교수였다. 그러나 1980년 5월 17일 전두환 신군부가 계엄령을 선포했을 때, 김근태 인재근 부부의 결혼식에 참석해 함께 사진을 찍은 많은 사람이 다시 수배자가 됐다. 자유의 시간은 그렇게 짧았다.

김근태의 1960년대가 제적과 군대 생활, 그리고 1970년대가 수배와 피신으로 이어진 생활이었다면, 1980년대는 감옥에 내동댕이쳐진 혹독한 세월이었다. 김근태는 1980년대에 주로 고문당하고 감옥에 갇혔다. 운동가로서는 최고의 시기를 맞았지만, 인간으로서는 최악의 고통을 당한 것이다.

명석하고 투철한 이론과 과감한 행동력으로, 민청련을 이끌다

1980년 4월 26일,
흥사단에서
변형윤 교수의 주례와
하객들의 축복 속에서
성대한 결혼식을
치렀다.

전두환 신군부가 정권을 장악한 1980년대 초반은 그야말로 암흑기였다. 대학가도 재야도 숨을 죽일 수밖에 없었다. 김근태는 그대로 있을 수 없었다. 재야는 1983년 반체제 민주 세력을 규합하여 반독재 연합 전선을 추진했다. 김

'민주화운동청년연합' 간판을 걸다.

근태는 윗세대 운동체를 만들어야 한다고 종용하다가 뜻대로 되지 않자 젊은 세대를 규합해서 민주화운동청년연합(민청련)을 발족시키는데 핵심 주역으로 활동했다. 그리고 초대 의장과 2대 의장을 맡았다.

여기에 흥미로운 점이 하나 있다. 김근태는 당시 기준으로 분류하자면 학생운동 출신이 아니라 노동운동 출신이었다. 인천도시산업선교회에서 일하고 있었기 때문이다. 그런데도 학생운동 출신이 다수인 조직의 장을 맡았던 것이다. 노동운동 출신 김근태가 민청련 의장을 맡을 수 있었던 것은 학생 출신 운동체들의 순수성 때문이기도 하지만, 무엇보다 김근태의 명석하고 투철한 이론과 과감한 행동력 때문이었다는 것이 문익환 목사의 증언이다.

전두환 정권에 반대하는 공개 조직을 만드는 과정에 곡절이 없을 수 없었다. 어느 날 국가안전기획부 국장을 만나러 나갔던 민청련 의장 김근태가 새벽녘이 되어서야 처참한 몰골로 집에 들어왔다. 얼굴이 만신창이가 되어 있었다. 찢어지고 터지고, 코뼈는 부러진 것 같았고 눈썹

끝이 갈라져서 벌겋게 살이 드러나 있었다. 한 시간 이상 구토를 했다.

부인 인재근은 잠든 남편의 얼굴을 카메라에 담았다. 김근태는 그 사진을 들고 안기부를 압박해 민청련을 공식화하는 데 활용했다.

민청련 기관지 「민주화의 길」 논설에 담긴 김근태 의장의 생각들

민청련은 「민주화의 길」이라는 기관지를 발행했다. 「민주화의 길」은 당시 민주화 운동의 중심부에 해당하는 학생운동 세력에 큰 영향을 끼쳤다. 이 때문에 공안당국은 학생운동 세력의 배후가 민청련이라고 의심했지만, 사실 민청련은 학생운동 세력과의 연계를 극도로 경계했다.

「민주화의 길」 논설은 의장인 김근태가 주로 썼는데, 1985년 5월에 나온 9호 논설의 내용을 살펴보면, 당시 김근태가 정국을 어떻게 보고 있었는지, 무슨 생각을 하고 있었는지 알 수 있다. 사용하는 용어나 논리가 전형적인 1980년대 운동권의 그것이다. 당연한 일이지만, 이채롭기도 하다.

"다시 광주민중항쟁의 다섯 돌을 맞는다. 그러나 아직도 사회 도처에서는 매판 군부독재 세력을 한 편으로 하는 '소수'와, 기층민중 및 민주민족 세력을 다른 한 편으로 하는 '다수'가 전선을 형성한 채 5월의 그날과 똑같은 과제를 놓고 투쟁하고 있다."

「민주화의 길」 1984년 창간호

"광주민중항쟁은 앞으로의 민주화운동이 반외세, 반독재 민중 투쟁이어야 함을 제시했다. 군부독재 권력이 외세와 불가분의 관계에 있고, 그들에 의해 지탱되고 있으므로, 외세의 압박으로부터 벗어나지 않는 한, 참 민주화는 달성될 수 없다는 점을 실감나게 확인시켜 준 증거였다."

"만일 투쟁의 성과를 지키고 키우려고 했다면, 광주 민중은 중심을 형성하고, 그들의 지도하에서 먼저 투쟁의 성과를 주체화하는 노력을 통해 투쟁이 자신들의 사활적 일과로 받아들이도록 하는 작업이 무엇보다도 중요했다."

"우리는 무엇보다도 먼저 민주화의 내용에 대한 인식을 심화시켜 나가야 할 것이다. 첫째, 우리는 우리가 살고 있는 사회구성체를 과학적으로 규명하고 한국 자본주의의 성격을 주체적으로 규정하는 일이 중요하다."

전두환 정권, 정치적 곤경을 타개하기 위한 '사건'을 꾀하다

민청련 의장 김근태는 1985년 9월 치안본부 남영동 대공분실에 끌려가 죽음의 고문을 받았다. 왜 그랬을까? 시대와 정국을 이해할 필요가 있다.

1985년 5월 대학생들의 미국 문화원 점거 농성 사건으로 당시 전두환 정권은 곤경에 처했다. 또 5월 29일 청년 학생 운동단체가 공동으로 종로2가에서 광주 민중 학살 항의 국민대회를 개최했고, 6월 하순 서

1985년 8월에 연행되어
남영동에서 고문받기 전,
4·19 25주년 기념식에
참여한 김근태.

울대에서 '민중 민주화 운동 탄압 저지대회'가 열렸는데, 이 자리에 민
청련 상임위원장 김병곤 씨가 참석했다. 공안당국은 청년운동단체와
학생운동단체의 결합을 그냥 두고 보지 않았다. 당국은 김병곤 씨를 구
속했지만, 그에게 국가보안법 위반 혐의를 뒤집어씌우지도 못했고 학
생운동의 배후로 만들지도 못했다. 남영동 대공분실은 상부로부터 질
책을 받았다. 뭔가 보여줘야 했다. 김근태가 희생양이었다.

　1985년 8월 학원안정법 제정에 실패한 전두환 정권은 정치적 곤경
을 타개하려고 했다. 그러자면 '사건'이 필요했다.

아, 남영동! 지옥보다 더 끔찍했던 스물사흘

　김근태는 1985년 8월 24일 서울대 민추위 배후 조종 혐의로 경찰에
연행됐다. 민청련 의장직을 다른 사람에게 넘긴 뒤였다. 그리고 9월 4

일 서울 서부경찰서 유치장에서 다시 남영동으로 끌려갔다.

김근태는 9월 4일부터 9월 20일까지 전기고문과 물고문을 날마다 5시간 정도 받았다. 주로 전기고문을 하고 물고문은 전기고문으로부터 발생하는 쇼크를 완화하기 위해 가한 것이다. 날짜별로, 9월 4일은 각 5시간씩 두 차례 물고문, 9월 5일과 6일에는 전기고문과 물고문을 각 한 차례씩, 8일에는 두 차례의 전기고문과 물고문, 10일에 한 차례, 13일에는 '최후의 만찬'이라며 두 차례 전기고문을 받았다. 또 20일에는 전기고문과 물고문을 한 차례씩 받았다. 25일에는 집단폭행을 당했고, 그 뒤로도 여러 차례 구타를 당했다. 잠을 자지 못한 것은 말할 것도 없고 밥을 굶은 것도 절반쯤 된다. 고문 후유증으로 13일 이후에는 밥을 줘도 먹지 못했다.

25일 집단폭행 이후 고문 경찰관들은 그에게 알몸으로 바닥을 기면서 살려달라고 애원하며 빌라고 요구했다. 김근태는 그들의 요구대로 했고 그들이 쓰라는 대로 조서를 쓸 수밖에 없었다. 고문 경찰관들의 이름은 윤재호 총경, 김수현, 백남은 경정, 이근안 경감, 김영두 경위, 정현규, 최상남, 박병선 경장 등이었다.

김근태는 고문을 당하면서 속으로 '무릎 꿇고 살기보다 서서 죽기를 원한다'고 다짐하며 자신과 싸웠지만, 아무런 의미가 없었다. 그는 햇빛이 드나드는 것으로 날짜를 셌고, 고문 경찰관들이 찬 시계를 보고 고문당한 시간을 기억했다.

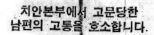

인새근은 김근태의 고문 사실을 듣고서 곧바로 기독교회관에서 열리는 목요기도회로 달려가 그 일을 폭로했다. 이어서 호소문을 만들고 농성을 시작하는 등, 있는 힘을 다해 사람들에게 알렸다. 그리하여 세계 여러 나라에서 속속 이 사실을 뉴스로 보도하기 시작했고, 급기야는 국내 신문도 김근태가 겪은 고문을 보도하지 않을 수 없었다.

검찰 송치 때 극적으로 마주친 아내에게 긴급하게 전한 고문 사실,
아내 인재근의 노력으로 세계에 알려지다

　　남영동에서 밖으로 나온 것은 9월 26일이었다. 그는 포니 자동차에
실려 서부역을 지나면서 푸른 하늘을 보고 자신이 아직 살아 있다는 것
을 알았다. 그런데 기적이 일어났다. 그날 오후 검찰청 5층 엘리베이터
에서 내렸을 때, 아내 인재근을 만난 것이다. 그는 인재근에게 자신이
당한 고문 내용을 자세히 설명했다. 그는 대기실에서는 고문으로 짓뭉
개진 발뒤꿈치 상처와 전기고문으로 시커멓게 탄 발등을 인재근과 이
을호 씨 부인인 최정순 씨에게 보여주었다.

　　인재근은 남편이 남영동 대공분실에서 전기고문을 당했다는 사실을
재야 사람들에게 곧바로 알렸다. 다음날인 9월 27일부터 김근태가 고
문을 받았다는 소식이 급속히 퍼져 나갔다. 미주 한국일보 기자 심기섭
씨는 인재근에게서 고문 사실을 전해 듣고 가수 이미자의 노래 테이프
중간에 증언을 녹음해 미국으로 가지고 갔다. 테이프는 미국 언론과 인
권단체에 전달됐다. 독재정권이 김근태에게 가한 전기고문은 세계의
뉴스가 됐다.

　　10월 19일 민주 인사 60여 명이 '민주화운동에 대한 고문 수사 및
용공 조작 공동대책위원회'를 구성하고 성명을 발표했다. 11월 11일에
는 고문 및 용공 조작 저지 공동대책위가 항의 농성에 돌입했다. 김대
중, 김영삼 공동의장이 참석했다. 파장은 갈수록 커져갔다.

법정 사상 처음으로 모두진술 제도를 활용하다

마침내 김근태는 1985년 12월 19일 서울지방법원에서 열린 첫 공판에서 자신이 받은 고문을 직접 폭로했다. 여기서 김근태는 법정 사상 최초로 모두진술 제도를 활용했다. 재판장은 서성 부장판사, 검사는 김원치였다. 김근태는 "고문으로 생긴 발뒤꿈치 딱지가 10월 말 내지 11월 중에 떨어져 이를 증거로 재판부에 제출하기 위해 보관해 왔는데, 12월 13일 이돈명, 목요상, 조승형 변호사에게 보여줬지만 교도관의 제지로 전달하지 못했고, 더구나 교도관들이 딱지를 빼앗아갔다"고 폭로했다.

당시 시국사건 피고인들이 법정에서 고문을 당했다고 폭로하는 경우가 많았지만, 재판부는 모두 외면했다. 서성 부장판사는 김근태가 당한 고문도 외면했다. 1986년 3월 6일, 1심 판결은 "전부 유죄, 징역 7년,

1988년 5월 4일 로버트 케네디 인권상 수락연설 중인 인재근. 많은 우여곡절 끝에 로버트 케네디 추모 사업회가 방한해 치른 뒤늦은 수상식이었다. 이로써 김근태는 국제적인 양심수로 널리 알려졌다.

자격정지 6년"이었다. 서성 부장판사는 김근태의 경기고 선배였다. 김근태는 한때 희미하게나마 그에게 기대를 걸었지만, 다 소용없는 일이었다.

그러나 김근태가 남영동에서 전기고문을 당했다는 사실은 온 세상이 다 아는 일이 됐다. 국내 신문도 기사를 쓰기 시작했다. 김근태가 진술한 고문 정황이 워낙 일목요연하고 명확했기 때문이다. 김근태 고문 사건은 나중에 권인숙 성 고문 사건, 박종철 고문 치사 사건이 터졌을 때, 국민이 정부 당국의 거짓 발표를 믿지 않고 고문의 실체를 직시하는 데 큰 도움을 줬다.

김근태와 인재근, 함께 로버트 케네디 인권상을 받다

민주화에 대한 열망과 고문에 굴하지 않는 용기와 양심으로 김근태와 인재근은 1987년 11월 20일 로버트 케네디 인권상을 수상했다. 그러나 그때 그는 여전히 감옥에 갇혀 있었다. 인재근 또한 전두환 정권의 방해로 출국할 수 없었다. 결국 1988년 봄 로버트 케네디 인권상 관계자가 한국을 방문해 상을 수여했다. 물론, 이때에도 김근태는 감옥에 있었다.

김근태는 감옥 생활을 무척 고통스러워했다. 고문 후유증이 그를 괴롭혔거니와, 당시 재소자에 대한 처우 또한 열악했다. 하지만 무엇보다 힘든 것은 절망적인 시국이었다.

"하느님, 이들의 슬픔을, 분노를 당신은 모르시나요? 도대체 살아 있습니까, 죽었습니까? 살아 있다면, 당신은 개새끼요!"

1987년 3월 13일에 쓴 그의 옥중 서신에 이런 대목이 나온다. 카투사로 군에 복무하던 중에 의문의 죽음 당한 '용권'이라는 후배에 대한 글이다.

"아 하느님, 이 지긋지긋함은, 이 억울함은 얼마나 더 계속되어야 하는 것입니까. 당신은 도대체 살아 있습니까, 죽었습니까. 당신은 귀먹고 눈먼 그런 하찮은 늙은이가 되어 버린 것은 아닌가요.

용권이 어머니의 슬픔을, 분노를 당신은 아시나요, 모르시나요. 하느님 당신이 살아 있다면 당신은 개새끼요. 나쁜 자식이오. 어쩌면 똥물에 튀기다가 태질해 버려야 할 놈이오. 당신은 개새끼야. 개새끼야, 야 하느님 너 개새끼야!"

6월항쟁의 승리가 물거품이 된 대선 패배, 깊은 절망과 책임을…

1987년 6월항쟁 당시 김근태는 감옥에 있었다. 현장에는 그가 없었지만, 야당과 힘을 합친 민족민주 세력은 개헌과 대통령 직선제를 쟁취해 냈다. 정권 교체를 기대할 만했다. 그러나 양 김은 각자 출마를 고집했다. 12월 대통령 선거를 앞두고 그는 사실상 김대중 후보를 지지하는 '비판적 지지' 쪽에 섰다. 김영삼 지지를 의미하는 '후보단일화', 백

기완 후보를 지지하는 '독자후보'를 선택한 사람들과의 사이에 골이 패였다. 군사독재 세력의 재집권보다 심각한 것은 민주 세력의 분열이었다. 경주교도소에서 그는 대통령 선거가 치러지던 날 밤, 교도관에게 선거 결과를 물었다. "몰라서 묻느냐"는 대답이 돌아왔다. 그는 절망했다.

1988년 6월 30일, 2년 3개월에 걸친 영어 생활에서 풀려나다

1988년 총선에서 야당이 승리하자 정부는 유화 제스처로 6월에 김근태를 석방시켰다. 2년 3개월만의 출소였다. 당시 김근태를 처음 만난 이인영은 이렇게 회고했다.

"2심에서 집행유예로 풀려난 뒤 선배님을 집으로 찾아가 처음 만났다. '선배들이 잘못해서 후배들을 고생시켜 미안하다.' 매우 진지하게

1988년 6월 30일, 김천교도소를 나서며, 김근태가 아내 인재근과 함께 "양심수를 전원 석방하라"고 외치고 있다.

첫 말씀을 시작하셨다. 그 뒤에 지난 대선에 대한 평가와 향후 운동과 관련한 몇 가지 말씀도 들려주셨다. 그러나 정작 나에게 인상적이었던 것은 운동과 관련한 이성적이고 이론적인 것들이 아니었다. 어린 내가 그토록 무겁게 느낀, 1987년 6월항쟁의 승리를 물거품화한 대선 패배의 책임을 나보다 훨씬 더 크고 진지하게 묵묵히 지고 나아가는 모습이었다. 누구를 원망하거나 누구에게 책임을 추궁하지 않는, 참 존경스러운 운동가의 모습이었다."

김근태는 당시까지 민주화운동 세력이 결집된 구심체였던 '민주통일민중운동연합(민통련)'의 분열을 수습하고 새로운 재야 운동의 결집을 위해 노력했다. 그 결과 1989년 1월 '전국민족민주연합(전민련)'이 결성되었다. 그는 모든 민주 세력이 결집한 이 민주운동 조직의 정책실장과 집행위원장을 맡았다.

1990년, 전노련, 즉 전국노점상연합회의 시위 현장에서, 노점상자립법 제정을 촉구하는 연설을 하고 있는 김근태.

1989년 전민련 결성 후, 1990년 다시 투옥됐다가 1992년 출소하다

김근태는 1990년 5월 민자당 반대 시위 및 전민련 결성과 관련해 집회 및 시위에 관한 법률 위반 혐의로 구속됐다가 국가보안법 위반 혐의로 기소돼 2년 형을 선고받았다. 미국 하원의원 수십 명이 두 차례에 걸쳐 김근태의 구속 수감에 대해 한국 정부에 항의 서한을 보냈지만, 정부는 꿈쩍도 하지 않았다. 오히려 미결통산 제외로 선고 형량보다 3개월 더 감옥살이를 했다. 그는 1992년 8월이 되서야 풀려났다.

한편, 1985년 김근태를 잔혹하게 고문했던 경찰관들은 1988년 12월 서울고법에서 재정신청이 받아들여져 재판에 회부됐다. 이근안 경감은 수배됐다. 법원은 1993년 8월 고문 경찰관들에 대한 항소심에서 전원 실형을 선고하고 법정 구속했다.

1992년 8월에
홍성교도소에서
출소한 뒤에
아들 병준, 딸 병민과
함께 기뻐하는
김근태.

이근안은 1999년 자수한 뒤, 7년 동안 감옥살이를 했다. 김근태는 뒤에 보건복지부 장관으로 일하던 2005년 2월에 이근안을 다시 만났다. 여주교도소에 수감 중인 지인을 면회하러 갔다가 그곳에서 갇혀 있던 이근안을 면회한 것이다. 김근태는 이때까지도 이근안이 두려웠다. 이근안은 무릎 꿇고 그에게 사죄했다. 김근태는 고맙다고 말했다. 손도 잡았다. 그러나 마음은 영 불편했다. 용서와 화해는 신의 영역이었다.

1992년 대선에 대비해 '국민회의' 결성, 그러나 결과는…

김근태는 두 차례 투옥을 거치면서 어느덧 재야의 중심 인물로 확고히 자리를 잡았다. 그가 1992년 출소했을 때, 대통령 선거가 눈앞에 있었다. 그는 '민주대연합을 통한 민주정부 수립'을 주장했다. 재야는 반독재민주화 연합운동 회의체로 12월 대통령 선거까지 한시적으로 '국민회의'를 결성했는데, 김근태는 집행위원장을 맡았다. 김근태는 당시 강연과 좌담을 통해 이런 주장을 폈다.

"야권의 승리를 통한 민주정부 수립만이 민주주의 실현을 전면적으로 담보할 수 있다. 그러나 현재의 상황과 조건에서 이것은 민주당의 힘만으로 이루어질 수가 없다."

"우리는 승리할 수 있는 민주대연합 후보를 세워 내고자 한다. 민주대연합 내부에서 민주당 후보(김대중)가 현재로선 유일하고 압도적인 우세를 보이고 있는 것이 사실이다. 그러나 민주당 후보에 대한 단순한 지지만으로는 민자당 후보를 현격하게 앞서 나갈 수 없다. 민주연합 내에서의 단결은 보다 고차적이어야 한다."

그러나 1992년 12월 대통령 선거에서 '민주대연합 후보'(김대중)는 패배했다. 민족민주운동 세력도 또다시 패배했다. 김근태는 1993년 2월 강연에서 "변화를 갈망하던 많은 사람의 정서적 충격은 대단히 크다. 나도 예외 없이 대선 개표가 있던 날 밤 11시경부터 속 빈 반유령같이 지내 왔다"고 말했다.

그는 대선 결과를 놓고 국민 대중의 도덕적인 판단이 마비된 것 아니냐고 비판했다. 이를테면, 부산 기관장 대책회의는 지배 집단의 도덕성과 정치의식이 얼마나 엉망인지 드러낸 것인데, 영남 지역은 위기감을 조성해 오히려 몰표를 얻고 수도권은 이를 응징하지 않았다는 것이다.

92년 대선 패배를 계기로, 제도정치 진입 등 새로운 길 모색하다

김근태는 민족민주운동의 나아갈 길을 놓고 고민하기 시작했다. 민족민주운동이 이제는 정치운동과 사회운동으로 분화, 발전해야 한다고 생각했다.

"우리의 과제는 제도정치 내에서 수권적 국민정당 창설, 그 내용에서는 민주연합당의 건설이 중요하다고 이야기할 수 있다. 그러한 정당의 포괄 범위를 민주당 내 재야 세력, 민주당, 진정련, 독자후보를 지지했던 세력 등을 들 수 있다."

1992년 대선 패배를 계기로, 그동안 정치적 역할을 담당했던 재야가 이제는 제도정치 안으로 들어가는 것이 시대적 흐름임을 착안하기 시작한 것이다.

김근태는 1993년 7월 미국 미시건대학 초청으로 미국에서 한국 민주주의의 전망과 과제를 주제로 강연했다. 또 11월 10일부터 26일까지 케네디 인권센터의 초청으로 미국을 다시 방문했다. 케네디 인권상 제정 10주년 기념으로 역대 수상자가 모두 참석한 토론회에서 한국 인권과 민주주의에 관하여 주제 발표를 했다.

시대를 통찰한 김근태의 탁견: 한반도 평화 체제 위한 해법 제시,
경제민주주의에 역행하는 재벌의 파행적 경영 행태 경계

이 시기, 김근태의 관심은 "냉전 체제가 해소되는 국제 질서 속에서 왜 여전히 한반도에서는 냉전이 지속되고 있는가"였다. 그는 "한반도 분단 체제를 극복하기 위해서도 남한에서의 전면적인 민주주의 실현은 아주 긴급하고 중대한 것"이라고 생각했다. 강연과 주제 발표에서 이런 주장을 내놓았다.

"한반도에서 핵무기는 용인되어서는 안 된다. 북한은 핵 투명성을 보장해야 한다. 그 대신에 팀스피리트 중단과 북한의 안전보장이 맞교환될 수 있는 타협이 모색될 필요가 있다. 이를 통해 한반도에서 평화 체제를 구축할 수 있을 것이다. 그것은 엔피티NPT 체제의 유지와 강화, 동북아에서의 평화와 민주주의 진전을 위해 한국과 미국에게 모두 유익할 수 있다. 또한 한반도 분단에 일정한 역사적 책임이 있는 미국에 적극적 타개의 책무 또한 있다고 해야 할 것이다. 이런 조건에서 한국에서 인권과 민주주의는 꽃피게 될 것이다."

김근태의 한반도 문제 해법은 나중에 김대중 대통령이 햇볕정책이라고 이름 지은 대북포용정책과 거의 똑같은 내용이었다. 그는 또 한국 민주주의의 진전을 불안하게 하는 요인으로 재벌을 정조준했다.

"지난 시기 폭압체제 아래에서 특권적 이익을 누렸던 재벌의 사회적, 정치적 영향력이 새롭게 높아지고 있다. 상위 30대 재벌의 일 년 매출액이 한국 국민 전체 지엔피GNP의 70퍼센트에 이르고 있다. 이러한 상황은 자본주의도 아니고 민주주의는 더욱 아니다. 더구나 이제는 이들이 비효율과 비능률적 집단으로 전화되고 있다. 이러한 재벌들은 금융 조세 특혜와 부동산 투기, 증권 투기, 그리고 저임금 착취 위에 거대

1993년 11월 케네디 인권센터 초청으로 방미한 김근태는 역대 수상자가 모두 참석한 토론회에서, 한국의 인권과 민주주의에 관해 주제 발표를 했다.

화되었다. 소유의 분산이나 소유와 경영의 분리, 업종 전문화, 노조의 활성화 등과 같은 경제 개혁을 통해 경제 민주주의, 산업 민주주의를 실현해야 하는데도 저속 성장과 경제 침체에 대한 대중의 불만을 활용하여 재벌들은 개혁을 저지시키고자 하고 있다."

절차적 민주주의 도입, 이젠 '개혁 대 수구'의 대립구도로 가야 한다

1994년 김근태는 정치적 국민운동체 결성을 추진했다. 투쟁하는 정치 세력이었던 재야에서 '대안을 제시하고 여론의 동의를 받는 정치 세력'으로 탈바꿈하려는 생각이었다.

노태우 정권 하에서 재야는 투쟁하는 정치 세력으로서 자기 역할을 담당했지만, 통일된 대응과 절제된 행동 없이 밀고 나감으로써, 국민의 분노가 흩어지는 결과를 초래했다는 것이 김근태의 반성적인 고찰이었다. 노태우 정권은 기본적으로 군사 독재의 연장이었지만, 1987년 6월 항쟁이 강제하는 부분적인 개선, 절차적 민주주의를 일부나마 도입함으로써 국민 사이에서는 이전보다 나아지고 있다는 느낌과 더불어 생활 공간에서의 문제를 좀 더 제기해 달라는 요구가 있었다. 이런 대중의 정서에 맞게 대안을 제시하고 여론의 동의를 받는 방향으로 나아갔어야 하는데 재야는 그런 운동으로 전진하지 못했다는 것이다.

김근태는 김영삼 정권의 개혁에 대해서도 일정 부분 긍정적인 평가를 내렸다. 군부를 병영으로 돌아가게 해서 군부 권위주의를 탈각시켰고, 부족하긴 해도 금융실명제를 도입한 것은 시장경제의 효율성을 높이고 한국 경제의 천민성, 기생성, 관료성을 부분적으로 극복할 수 있는 계기가 되었다는 것이다.

김근태는 그 시기의 대립 구도를 민주 대 반민주의 연장선인 '개혁 대 수구'로 설정했다. 한마디로 민주대연합을 통해 냉전적 수구 세력과 싸워야 한다는 것이었다. 그의 민주대연합 주장은 주춤거리는 김영삼 정권의 개혁에 면죄부를 주고 3당 합당을 사후적으로 합리화시켜 준다는 등의 이유로 비판을 받았다.

'네루의 길'을 가기로 결심하다

김근태는 1994년 4월 추진위원회 단계를 거쳐 10월에 '통일시대 민주주의 국민회의'를 창립했다. 국민회의의 주요 활동 방향은 정책개발에 의한 대안 제시와 여론 형성이었다. 물론 재야와 야당의 결합이 목적이었다. 동시에 김근태 자신도 제도정치에 진입하는 길로 한발 한발 다가가기 시작했다. 그는 1995년 1월 "우리 사회에 예언자가 여전히 필요하지만, 그에 못지않게 리얼리스트들이 필요하다"고 했다. 옷에 진흙을 묻히더라도 끊임없이 현실적인 선택을 해 나가는 사람들이 필요하다는 주장이다. '간디의 길'도 중요하지만, 자신은 '네루의 길'을 가겠다는 뜻이었다.

김근태는 1995년 2월 민주당에 입당해 민주당 부총재로 선임됐다.

제도정치권에 들어간
그해, 1995년 2월
민주당 부총재로
선임되었다.

그는 입당의 변으로 "오랫동안 민주화와 통일을 위해 진정성을 가지고
노력해 온 세력, 민주 정통 세력이 집권하는 사상 최초의 정권 교체가
절실하다고 판단했다"고 말했다.

　그해 6·27 지방선거에서 야당이었던 민주당과 자민련이 이겼고, 민
주당의 후견인이었던 김대중은 정계 복귀를 선언했다. 민주당 이기택
대표와 갈등을 빚던 김대중은 민주당 국회의원 60여 명을 이끌고 민주
당을 탈당해 9월 5일 새정치국민회의를 창당했다. 김근태는 새정치국
민회의에 합류했다.

도봉 갑에 출마해 당선되고 15대 국회에 등원하다

　김근태는 그때까지 복권되지 않아 15대 총선 출마가 불투명했다. 김
영삼 대통령이 1995년 10월에 미국을 방문했을 때, 에드워드 케네디가

강력하게 김근태의 복권을 요청했다. 김영삼 대통령은 이 요청을 받아들였다. 김근태는 1996년 4월 11일, 15대 총선에서 국민회의 후보로 도봉 갑에 출마해 양경자 신한국당 후보를 꺾고 국회의원에 당선됐다. 그의 나이 49세였다. 한반도 정세에 관심이 많았던 그는 통일외교통상위원회를 상임위원회로 선택했다.

개혁 성향이 강한 김근태는 당내에서 비주류 정치를 했다. 당시 새정치국민회의 안에서는 김상현, 정대철, 김근태 세 사람을 '비주류 3인방'으로 불렀다.

김대중 대통령 당선, 건국 이래 처음으로 평화적 정권 교체 실현!

1997년 12월 대통령 선거를 앞두고 김대중 새정치국민회의 총재는 김종필 자민련 총재와 '디제이피 연합'을 추진했다. 김근태는 못마땅했다. 그러나 정권 교체를 위해 어쩔 수 없는 일이었다. 그만큼 김근태는 정권 교체를 간절히 원했다.

그는 대통령 선거에서 수도권 대책위원회 공동위원장으로 활동하며 김대중 후보의 당선을 위해, 정권 교체를 위해 열정적으로 유세했다. 김대중 후보는 간발의 차이로 대통령에 당선됐다. 김근태는 자신이 대통령에 당선된 것처럼 감격스러워했다.

당시 대선은 외환 위기 와중에 치러졌다. 국제통화기금(IMF)은 교과

서에나 나오는 시장경제 원리를 강요했다. 비현실적인 고금리도 요구했다. 김대중 당선자는 '민주주의와 시장경제'를 국정 기조로 선언했다. 민주주의와 시장경제 어느 것을 우위에 놓겠다는 것인지 애매했다.

김근태는 대통령 취임사 준비위원회에 들어갔다. 그는 국정기조를 '민주주의와 민주적 시장경제'로 해야 한다고 주장했다. 박정희 정권 시절, 관치 경제와 그 뒤 불공정 거래로 엄청난 부를 쌓은 재벌을 '원시적 시장'에 그대로 풀어놓을 경우 재벌이 정부를 압도하는 위험한 상황이 초래될 수 있다고 우려한 것이다. 재벌을 정부가 민주적으로 통제할 수 있어야 한다는 것이 그의 생각이었다.

그러나 그는 소수파였다. 김근태의 우려는 몇 년 뒤 현실이 됐다. "권력은 시장으로 넘어갔다"는 노무현 대통령의 2005년 발언이 바로 그것이었다.

일찍부터 '민주적 시장경제'를 주장하다

김근태는 1998년 8월 「광주타임즈」에 이런 글을 썼다. 정권 교체 이후의 설렘과 긴장이 고스란히 느껴진다.

"우리는 지난겨울, 초유의 정권 교체를 실현했다. 국민의 손으로 선거를 통해 여야를 바꾸는 위대한 경험을 해낸 것이다. 나는 이 일이 우리 건국 50년사에서 가장 뜻 깊은 일이라 확신한다. 패권적 권력의 어둠이 아니라, 공정함과 균형에 근접한 사회를 만드는 첫 단추가 끼워진

정치부 기자들이 투표를 통해
품성이 훌륭한 국회의원을
뽑아 상을 주는 '백봉신사상'을
김근태는 네 번이나 수상하는
진기록을 세웠다.

것이다. 그렇지만 기득권층의 반발도 만만치 않다. 힘의 논리에 좌우되지 않고 양심의 편에 섰던 쓸 만한 테크노크라트technocrat들도 많지 않다. 개혁을 진전시키느냐, 과거로 복귀하느냐 하는 싸움이 본격적으로 시작된 것이다."

그랬다. 김근태는 확실히 정치를 민족민주운동의 연장으로 인식했다. 기득권 세력과의 싸움, 개혁이라는 표현은 그런 인식에서 나온 것이리라. 그러나 주위 사람들은 그를 그냥 정치인으로 대하기 시작했다. 더구나 1997년 대선 이후로는 '여당 국회의원'이 된 것이다. 많은 사람이 정치에 입문한 그에게 "그냥 재야에 남아서 사회 속의 등불이 되어 주셨으면 했는데 실망했다"고 말했다. 그런 시선에 대해 김근태는 무척 괴로워했다. 그리고 출세주의에 물들지 않기 위해 끊임없이 자신을 경계했다.

원일이 이끄는
젊은 국악팀 '푸리'의
작업실에서
이야기를 나누는 모습.
김근태는 일찍부터
여러 문화예술인과
폭넓게 교류했다.

정치부 기자 100명이 '차세대 정치인 1위' 로, 그리고 '뉴스위크' 에서 '21세기를 움직일 세계의 100인' 에 선정하다

15대 국회 하반기인 1998년에는 상임위원회를 재정경제위원회로 바꾸었다. 아무래도 그의 전공은 경제라고 할 수 있었다.

그해 8월, 「신동아」 여론조사에서 '정치부 기자 100명이 뽑은 차세대 정치인 1위' 로 선정되었다. 그리고 가을 국정감사에서 재정경제위원회 '베스트 의원' 으로 뽑혔다. 1999년 1월에는 「뉴스위크」 일본판 '21세기를 움직일 세계의 100인' 에 선정되었다. 4월에는 국민정치연구회를 창립해 지도위원을 맡았다. 5월에는 새정치국민회의 당 쇄신위원회 위원장이 됐다. 그리고 연말에는 정치부 기자들이 투표로 뽑은 '제1회 백봉신사상' 을 수상했다. 백봉신사상은 나용균 전 국회부의장

실상사에서 도법스님과 환담하는 김근태. 대선후보 당내 경선에 임하기 전, 사회 각계 인사를 만나 고견을 듣고자 했다.

을 기려 국회의원 중에 품성이 훌륭한 사람을 뽑아 상을 주는 것인데, 김근태는 백봉신사상을 네 번이나 받았다. 개인적으로는 화려한 날들이었다.

김대중 대통령은 2000년 4·13 총선을 앞두고 국민회의를 확대 재편해 새천년민주당을 창당했다. 김근태도 새천년민주당 공천을 받아 이번에도 한나라당 양경자 후보를 무난히 이겼다. 그는 내친김에 2000년 8월 31일 새천년민주당 전당대회에 출마해 최고위원에 당선됐다.

'한반도재단' 창립, 평화·경제 시스템·리더십을 키워드로 삼다

김근태는 2001년 4월 '한반도 평화와 경제발전 전략 연구재단'(이하 한반도재단)을 창립해 이사장을 맡았다. 그는 이때 '희망의 한반도를 만드는 세 가지 키워드'로 평화, 경제 시스템, 리더십을 제시했다. 그가 리더십에 주목한 이유는 무엇이었을까?

"새로운 시대는 그 시대정신에 부응하는 새로운 지도력을 필요로 한다. 도덕적 일관성, 민주적 포용력, 비전과 자질이 지도자의 덕목으로 자리 잡아야 한다."

"선택된 지도자의 역량이, 그 사회를 한 걸음 앞으로 나아가게 할 것인지 아니면 뒤로 물러나게 할 것인지 결정짓는 중요한 요인이라는 것을 역사는 우리에게 가르쳐 주고 있다."

2001년 9월 당 대표 선임을 둘러싸고 김근태는 "당 위에 군림하는 특정 계보가 있다"며 동교동계 해체를 촉구했다. 권노갑 전 고문은 "동교동계는 민주당의 뿌리이고 역사"라고 받아쳤다. 김근태는 당시 이런 글을 남겨 두었다.

"머리를 들어 정신 차리고 사방을 둘러보니 걱정은 걱정이다. 그러나 엎질러진 물이고, 되돌릴 수는 없지 않은가. 남겨진 고민이 하나 있다. 앞으로 당 안팎의 모임에서, 회의에서 '동교동 사람'들과 만나고 부딪칠 수밖에 없을 텐데, 그때마다 웃으며 악수해야 하는 건지, 아니면 건성으로 쳐다보기만 하면 되는 건지 헷갈린다."

정치적으론 명분 있게 행동했지만, 인간적으론 무척 괴로워한 것이다.

2002년, 16대 대통령 선거 당내 경선에 도전했으나…

김근태는 2002년 16대 대통령 선거 당내 경선에 도전했다. 노무현 후보와 '개혁후보 단일화'를 조율했지만, 실패했다. 그는 노무현 후보보다는 자신이 나라를 더 잘 운영할 수 있다고 생각했다. 김근태는 기자회견에서 자신이 민주당 대통령 후보가 되어야 하는 이유를 이렇게 설명했다.

"나는 지역주의와 거리가 먼 사람이다. 권위주의 시대 이후에 등장한 대통령은 실패했고 김대중 대통령도 지금 분위기로는 크게 성공한 대통령으로 평가받기 어렵다고 본다. 그 이유는 그분들이 지역주의를 기반으로 하고 있기 때문이다."

대통령 후보
당내 경선에서
지지를 호소하며
연설하는 김근태.

　김근태는 당시 지지도가 낮았다. 이에 대해서 이런 처방을 내놓았다.
　"나는 텔레비전 토론을 잘한다는 평가를 받고 있다. 텔레비전 토론
을 본 사람들은 '괜찮다'는 말을 많이 한다. 그러니 텔레비전 토론이
본격화되면 상승효과가 클 것으로 본다."
　김근태는 경선후보로 등록을 하고 레이스에 나섰지만, 대세를 잡지
못했다. 그는 2002년 3월부터 전국 순회 방식으로 치러진 경선에서 제
주, 울산에서 잇따라 꼴찌인 7위를 차지했다. 그는 곧바로 후보직을 사
퇴했다. 김근태는 무척 고통스러워했지만, 자신을 알아주지 않는 세상
을 원망하지는 않았다. "내 실력이 거기까지였다"는 게 그의 고백이었
다. 그는 '노무현 대통령' 만들기에 힘을 보탰다. 그를 도왔던 참모들
도 노무현 후보 캠프로 자리를 옮겼다. 그는 대세를 거스르지 않는 사
람이었다.

대통령 후보
당내 경선 중에
노무현 후보와
악수하는 김근태.

"김근태의 인품과 노무현의 과단성을 한데 모을 수만 있다면!"

　　이제 둘 다 고인이 되었지만, 노무현과 김근태는 같은 시대에 불의에
맞서 싸운 투사들이었다. 또 기득권 세력에 보다 효율적으로 맞서기 위
해 정치인의 길을 선택했고, 출세에 목매는 기존 정치인들과는 달리,
자신을 포기할 줄 아는 특별한 정치인들이었다.

　　그러나 두 사람의 사고방식이나 정치 스타일은 사뭇 달랐다.

　　노무현이 김근태라는 이름을 처음 접한 것은 김근태가 1980년대 민
청련 의장으로 활동할 때였다. 그 뒤 1985년 고문 사건으로 김근태라
는 이름은 노무현의 머릿속에 깊이 각인되었다. 노무현은 김근태 고문
사건을 들어 독재 정권의 폭력성을 부산시민에게 알렸다. 노무현은
1980년대 후반과 1990년대 초반 전민련 활동에 대한 평가를 통해서도
김근태를 인식했다. 가장 원칙적이면서도 조직을 위해서는 자신을 내

세우지 않는 사람, 음모적이지 않고 책략에만 매달리지 않는 재야의 지도자라는 소문을 들었다. 두 사람이 직접 대화를 나눈 것은 월간「말」에서 장기표 씨와 세 사람의 대담을 마련했을 때였다. 단아한 모습, 아주 정제된 어휘 구사, 치밀하고 신중한 태도 등이 노무현이 김근태에게 받은 첫 인상이었다.

그 뒤 1993년 노무현은 김근태의 민주대연합론에 대해 크게 실망하게 된다. 1990년 3당합당에 반대했던 노무현으로서는 도저히 받아들일 수 없는 주장이었던 것이다. 하지만 그랬던 노무현도 1997년 대통령 선거를 앞두고 김대중 총재의 국민회의에 합류하면서 "민주대연합론으로 김영삼을 너무 몰아붙이지 마라. 수구 세력이 등장한다. 김영삼은 김대중의 손을 들어 주어라"라는 주장을 폈다. 노무현은 김근태를 통해 정치란, 교조의 원칙이 아니라 현실 속에서 기반을 잃지 않으면서 이상과 현실을 조화시켜야 하는 것이라는 사실을 배웠다고 고백했다.

김근태는 2002년 대선후보 경선 과정에서 "2000년 전당대회 때 권노갑 고문에게서 2,000만 원을 받았으며 2억 4,000만 원을 선관위 신고에서 누락했다"고 '양심선언'을 했다. 김근태는 이 사건으로 나중에 항소심에서 선고유예 판결을 받았다. 그러나 2003년 7월 노무현 대통령은 대선 자금에 관한 기자회견에서 "김 의원의 고백은 웃음거리가 됐다"고 일갈했다.

김근태와 노무현은 이렇게 여러 번 엇박자가 났다. 노무현과 김근태를 모두 다 잘 아는 사람들은 "김근태의 인품과 노무현의 과단성을 한데 모을 수 있다면 최상의 정치인이 탄생했을 것"이라고 아쉬워하곤 했다.

노무현 대통령 당선에 뒤이어 창당한 '열린우리당' 원내대표를 맡다

2002년 12월 노무현 후보가 이회창 후보를 꺾고 대통령에 당선됐다. 김근태는 국무총리와 몇몇 부처 장관직 하마평에 올랐다. 그러나 노무현 대통령은 그를 당장 기용할 생각은 없었다. 새 대통령이 취임하자 민주당 안에서는 구주류와 신주류 사이에 권력 투쟁이 벌어졌다. 갈등은 깊어졌고 마침내 신당이 만들어졌다. 김근태는 신당을 선택했다. 2003년 9월 신당 원내대표를 맡았고, 10월에는 열린우리당 원내대표를 맡았다. 대통령은 노무현이었지만, 국회에서 열린우리당은 현역 의원 47명의 소수 정당이었다. 한나라당과 민주당 사이를 오가며 국정 현안을 조율하는 것은 김근태 원내대표의 몫이었다. 그러다 보니 때로는 자신의 정치적 소신에 반하는 선택을 할 수밖에 없었다. 2004년 2월 이라크 파병안 표결에서 김근태 원내대표는 당론에 따라 찬성표를 던졌다. 줄곧 찬성 의사를 밝혔던 유시민 의원은 정작 투표에서는 개인적 소신에 따라 반대표를 던져 대조를 보였다.

소수 여당 '열린우리당' 17대 총선에서 원내 1당으로 부상하다

혼란스러운 와중에 2004년 4월 15일, 17대 국회의원 선거가 다가오고 있었다. 국회는 2004년 3월 12일 노무현 대통령에 대한 탄핵소추안을 의결했다. 탄핵 역풍이 불었다. 열린우리당의 압승이 예상됐다. 하지만 선거 막판에 정동영 의장이 이른바 '노인 폄하 발언'으로 선대위와 비례대표 후보직에서 물러났다. 위기였다. 김근태 원내대표의 지휘하에 열린우리당은 152석으로 원내 1당을 차지했다. 김근태 자신도 한나라당 양경자 후보를 다시 한 번 꺾고 3선 의원이 됐다. 김근태는 5월까지 16대 국회 잔여 임기 동안 열린우리당 원내대표직을 수행했다.

김근태는 17대 국회에서도 개혁 입법 과제를 관철시키기 위해 원내대표를 계속하고 싶었다. 그러나 노무현 대통령과 열린우리당에서는 그에게 입각을 권했다. 그는 통일부 장관이나 문화관광부 장관직에 관심이 있었다. 노무현 대통령 측근이었던 유시민 의원은 '김근태 원내대표가 통일부 장관을, 정동영 전 의장은 보건복지부 장관을 맡아야 한다'고 주장했다. 노무현 대통령도 비공식적인 자리에서 통일부 장관을 맡아 달라고 요청했다. 그러나 정동영 쪽의 요구와 노무현 대통령의 번복으로 두 사람의 자리가 바뀌었다. 다소 불만이 있었지만, 임명권자는 노무현 대통령이었다. 어쩔 수 없었다.

노 대통령을 정면으로 비판, "계급장 떼고 치열하게 논쟁하자!"

보건복지부 장관에 내정된 상태에서 6월 14일에는 이른바 '계급장 사건'이 터졌다. 노무현 대통령이 열린우리당의 총선 공약이었던 공공주택 분양원가 공개를 백지화하겠다고 밝히자, 김근태 전 원내대표와 신기남 의장이 노 대통령을 정면으로 비판하고 나선 것이다.

"당정 관계, 당청 관계가 변화되는 과도기적인 시기에 치열하게 논쟁하며 소리 나는 것을 두려워해선 안 된다. 공공주택 분양가 문제와 같은 중요한 문제에 대해 계급장을 떼고 치열하게 논쟁하자."

"정부의 원가 연동제와 열린우리당의 원가 공개 주장 모두 개혁적인 만큼 둘 다 긍정적으로 검토해야 한다. 그러나 국민과의 약속을 소중히 여겨야 하며 선거 당시 내건 공약을 함부로 바꿀 수 없고, 특히 서민들의 삶과 직결된 민생문제는 더욱 그렇다."

김근태의 이런 결기는 개혁 진보 세력의 광범위한 지지를 받았다. 그러나 현직 대통령의 권력은 그보다 훨씬 강했다.

2004년 7월 1일, 보건복지부 장관에 취임하다

김근태는 6월 30일 노무현 대통령으로부터 임명장을 받고 7월 1일 보건복지부 장관에 취임했다. 취임사 요지다.

"복지부가 가야 할 길은 '국민행복 책임부서', '국민에게 가장 신뢰받는 보건복지부'를 만드는 것이다. 복지부가 일하는 원칙은 '국민을 위한, 국민에 의한, 국민의 보건복지부'를 만드는 일이 돼야 한다. 우리 사회는 이미 과거의 낡은 패러다임으로는 도저히 감당할 수 없는 새로운 상황에 직면하고 있는 것이 분명하다. 안정적인 성장을 뒷받침하기

보건복지부 장관 재임 시절 청와대에서 노 대통령과 함께.

위해 사회 안전망 구축도 더는 미룰 수 없는 일이 되고 있어 성장과 복지가 선순환하는 새로운 시스템을 설계해야 할 시점이 됐다."

김근태는 2005년 12월까지 1년 6개월 동안 보건복지부 장관으로 일했다. 그가 장관이 된 뒤, 만두 파동, 혈액 파동, 도시락 사건, 대구 어린이 장롱 아사 사건이 터졌다. 특히 어린이 아사 사건에서 그는 큰 충격을 받았다. 나중에 '희귀 질환을 앓고 있어 음식을 먹기 어려웠고, 그 결과로 영양실조가 되었다'는 보도가 나왔지만, 사회 안전망이 허망하게 뚫렸다는 사실은 바뀌지 않았다. 그즈음 그가 쓴 수필 한 토막을 옮긴다.

"날로 심화돼 가는 빈익빈 부익부의 사회 양극화 현상을 뒤로 제쳐 두고도 과연 우리 사회가 계속 전진할 수 있을까? 근저에서 분열되어 있고 낯설어하고 대립하고 갈등하는 구조를 갖고서도 우리 사회가 정말 안전하게 운영될 수 있는 것일까? 그러고도 시장경제가 훌륭하게 작동할 수 있는 것일까?"

그는 빈곤층은 물론 중산층까지 혜택을 받고 참여하는 진정한 복지 사회를 이때부터 심각하게 고민했다.

"경제 부처는 뒤에서 조언하는 그림자 역할로 돌아가라!"
국민연금을 경기부양책으로 활용하려는 기도, 정면에서 막다

김근태가 장관에 취임한 뒤 이헌재 당시 경제 부총리가 국민연금을 동원해 주가를 띄우고 사회간접자본, 부동산 등에 투자하는 경기부양 책을 들고 나왔다. 이른바 '한국판 뉴딜' 정책이었다. 그러나 국민연금 관리 책임자는 보건복지부 장관이었다. 김근태는 2004년 11월 19일 보건복지부 홈페이지에 '국민 여러분께 드리는 글'을 올렸다.

"경제 부처는 국민연금의 운용에 대해 조용히 조언하는 것에서 그쳐야 합니다. 경제 부처가 그 용처에 대해 앞서서 주장하면 '내가 낸 돈을 정부 마음대로 하는 것 아니냐, 그래서 결국 원금도 못 받는 것 아니냐' 하는 의구심과 불신이 증폭됩니다. 신뢰가 훼손됩니다. 결국 이러한 의구심과 불신은 국민연금 제도 자체에 대한 부정으로 비화될 수 있습니다. 이제라도 경제 부처는 보건복지부가 제대로 일할 수 있도록 뒤에서 조언하는 그림자 역할로 돌아가야 할 것입니다. 국민의 위임을 받아 국민연금을 책임지고 있는 우리 보건복지부는 연금 운용의 기본 원칙, 즉 안정성, 수익성, 공공성의 3대 원칙을 확고히 견지하겠습니다. 이 3대 기본 원칙의 순서를 정한다면 당연히 안정성이 최우선입니다. 안정성의 토대 위에서 공공성과 수익성을 논할 수 있다고 생각합니다. 우리 복지부 역시 국채에 집중되어 있는 연금의 투자처를 다변화하기 위해 무척 노력하고 있습니다. 하지만 대형 SOC투자 등 사회적 논란이 많은 투자일수록 3대 기본 원칙을 충실히 견지하겠습니다."

경제 부처는 물론이거니와 청와대도 발칵 뒤집혔다. 노무현 대통령이 그동안 여러 차례 국민연금을 활용해야 한다고 밝혔기 때문이다. 김근태가 장관을 하는 동안 노무현 대통령이나 경제 부처는 국민연금에 손을 댈 수 없었다. 그러나 김근태가 장관직에서 물러난 뒤 보건복지부 장관들은 주식투자 한도를 늘려 국민연금을 증시 부양 수단으로 사용했다.

김근태는 보건복지부 장관 시절부터 '사회적 대타협' 구상을 가다듬고 있었다. 사회적 대타협은 "더 높은 경제성장을 이루어야 고용을 늘릴 수 있고, 양극화와 비정규직 문제도 풀 수 있다. 미국식 시장경제와 유럽식 사회보장제도가 결합된 따뜻한 시장경제 체제를 만들어야 한다"는 것이다.

2006년 5·31 지방선거 참패 후, 독배를 드는 심정으로 당의장을 맡다

김근태는 장관직에서 물러난 뒤 사회적 대타협을 화두로 내세워 2006년 2월 18일 열린우리당 전당대회에 출마했다. 의장직에 도전한 것이다. 그러나 정동영 의장에게 밀려 2등에 그쳤다. 3등 김두관, 4등 김혁규, 5등 조배숙 최고위원이었다. 김근태는 정동영 의장 체제에 적극 협조하겠다고 다짐했다. 그러나 정동영 의장 체제는 오래가지 못했다. 2006년 5·31 지방선거는 여당의 참패로 끝났고, 정동영 의장은 즉각 물러났다. 열린우리당에서는 지루한 논쟁 끝에 김근태 의장이 이끄는 비상대책위원회 체제가 들어섰다. 김근태는 '독배'를 마다하지 않겠다고 각오를 다졌다.

김근태는 열린우리당 의장으로서 자신의 구상인 '사회적 대타협'을

지방선거 참패에 따라 정동영 의장이 물러나고, 김근태가 당의장을 맡아 비상대책위원회 체제를 이끌었다.

다시 추진했다. 대기업이 일자리 창출과 취약 계층에 대한 배려를 해 준다면, 그동안 재계가 요구해 온 기업인 대사면, 출자총액제한제 폐지, 경영권 방어 장치 도입 등을 수용하겠다고 밝혔다. 대한상공회의소와 '일자리 창출과 투자 활성화를 위한 간담회'를 하면서 "경제계 제안을 통 크게 받아들이는 대신 기업들도 투자와 고용에 힘쓰는 뉴딜을 제안한다"고 밝혔다.

사회적 대타협과 뉴딜정책을 주창하다

그러나 노무현 대통령과 여권의 반응은 싸늘했다. 진보 성향 시민단체 참여연대도 "김근태 의장의 '서민 경제 활성화를 위한 사회적 대타협 발언'은 '대재벌 항복 선언'"이라고 비난했다. 참여연대는 "사법부의 미온적 판결에 이어 정치권과 행정부까지 사면 권한을 남발해 재벌

당의장 시절,
서민경제 활성화를 위한
사회적 대타협을
제안했으나, 안팎의
비판과 반대에 부닥쳤다.

총수를 풀어주는 데 앞장서는 대한민국은 재벌공화국"이라며 "열린우리당은 자신이 진정으로 원하는 사회적 대타협을 중재할 중재자로서의 능력과 계획이 없으면서 '구걸' 해서라도 지지율을 만회해 보려는 행동이 애처롭기까지 하다"고 목소리를 높였다. 김근태에게는 이런 안팎의 반대를 무릅쓰고 사회적 대타협을 밀고 나갈 힘이 없었다.

7월 말에는 김병준 교육 부총리 후보자 사건이 터졌다. 논문 표절 시비에 휘말린 김병준 교육 부총리 후보자 사퇴 문제로 노무현 대통령, 한명숙 국무총리, 김근태 열린우리당 의장이 갈등을 빚었다. 김근태 의장은 특유의 설득력과 조정력으로 김병준 후보자 자진사퇴를 이끌어냈다. 곧이어 노무현 대통령은 문재인 민정수석비서관을 법무부 장관에 임명하려고 했다. 김근태 의장은 이에 대해서도 반대 의견을 밝혀 관철시켰다. 노무현 대통령과 김근태 의장 사이에는 갈등의 잔재가 차곡차곡 쌓여갔다.

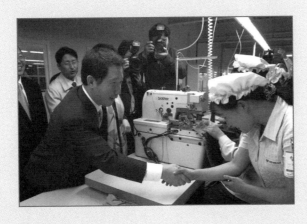

개성공단을 방문해
북한 노동자와
인사를 나누는 김근태.

북핵 위기가 고조되는 상황에서 개성공단을 방문하다

2006년 10월 북한이 갑자기 핵실험을 했다. 김근태는 오래 전부터 한반도에서 핵무기를 용인해서는 안 된다는 소신을 갖고 있었다. 그러나 대북 강경책은 해법이 아니었다.

"위기와 교류를 분리해서 대응해야 한다. 적극적 대화를 모색할 필요가 있다. 당장 상황이 어렵다고 평화의 옷을 갑옷으로 바꿔 입을 수는 없다."

의원총회에서 밝힌 그의 이런 입장은 대북 강경론으로 기웃거리던 의원들을 주저앉혔다. 그는 곧바로 의원 6명과 함께 개성공단을 방문했다. 북한 당국자들에게 "한반도에서 핵은 안 된다!"라는 메시지를 전달하기 위해서였다. 북한이 추가로 핵실험이라도 하면 김근태가 온갖 비난을 뒤집어 쓸 가능성이 높은 상황이었다. 그는 이렇게 말했다.

김대중 전 대통령을
찾아가, 대북정책에 대한
조언을 듣는 김근태.

"위험 부담이 있다는 것을 나도 잘 안다. 하지만 정치인 김근태의 미래보다는 대한민국과 한반도의 미래가 더 중요하다. 상황이 더 나빠지면 안 된다. 몸으로 막고 싶었다."

그러나 그의 이러한 진정성은 이른바 '춤판 사건'에 묻히고 말았다. 식사 도중 북한 사람들의 강권으로 무대에 잠시 올라 춤추는 시늉을 해준 것을 놓고, 국내 보수 언론은 "김근태가 춤판을 벌였다"고 보도했다.

2007년 2월, 당의장직을 내려놓고, 재충전의 시간을 갖다

2007년을 맞으면서 열린우리당 안에서는 대통령 선거 패배로 정권을 넘겨줄 수 있다는 우려가 확산되기 시작했다. 한나라당은 박근혜-이명박 두 대의 기관차가 이끌고 있었다. 김대중-노무현 정권 10년에

대한 보수 언론의 융단폭격은 가공할 만한 위력을 발휘했다. 모든 것이 최악이었다.

열린우리당 의원들의 정계 개편 요구는 연초 집단 탈당으로 이어졌다. 여권은 2007년 2월 14일 전당대회를 통해 대통합신당을 추진한다는 정치적 합의를 간신히 이끌어냈다. 정세균 의원이 의장으로 추대됐다. 김근태는 마침내 '독배'를 내려놓았다.

"김근태를 밟고 가라," 한-미 FTA 반대 단식농성에 합류하다

김근태는 한 달 뒤인 3월 16일 자신의 의원회관 사무실에서 기자간담회를 열었다. 한 달 간의 재충전을 마치고 돌아와 신고식을 한 것이다. 그는 "김근태가 돌아왔습니다. 죽을힘을 다해서 뛰겠습니다, 분발

한-미 FTA 협상을 막으려
국회의사당 본관 앞에서
무기한 단식농성을
시작한 김근태.
그러나 불과 닷새 뒤에
FTA 협상은 타결되었다.

하겠습니다!"라고 말했다. 대선 행보에 시동을 건 것이다.

정국의 가장 큰 쟁점은 한-미 FTA였다. 노무현 정부는 한-미 FTA 를 추진했다. 8차 공식 협상을 마치고 고위급 회담을 앞두고 있던 시기 였다. 김근태는 한-미 FTA 체결과 비준동의를 다음 정부로 넘겨야 한 다고 말했다. "FTA를 둘러싸고 국론이 분열돼 있고, 국민이 협상의 쟁 점과 진행 상황을 모르는 상황에서 서둘러서 체결할 필요가 없다"고 반대 이유를 들었다. 미국이 정한 시한대로 3월 말까지 협상을 타결하 려면 "김근태를 밟고 가야 한다"고 배수진도 쳤다.

김근태는 3월 27일에는 아예 국회 본회의장 앞에서 한-미 FTA에 반 대하는 단식농성에 들어갔다. 천정배 의원과 임종인 의원의 단식농성 에 동참한 것이다. 그러나 양국 정부는 2007년 4월 2일 FTA 협상을 타 결지었다. 9월에는 정부가 한-미 FTA 비준동의안을 국회에 제출했다.

2007년 대선 불출마 선언으로 평화개혁 세력의 밀알이 되다

대통령 선거가 다가오고 있었지만, 여당이 재집권할 가능성은 점점 희박해지고 있었다. 여권 대선후보 가운데 누군가 출마를 포기하고 경 선 관리를 해 줄 필요가 있었다. 역시 김근태밖에 없었다. 김근태는 6 월 12일 대선 불출마 선언과 함께 열린우리당을 탈당했다. 이틀 뒤 열 린우리당을 탈당하는 인사들과 함께 시민사회 단체가 추진하고 있는 신당과의 통합을 먼저 추진하고, 그 뒤 통합민주당(공동대표 박상천, 김

한길)과 열린우리당에 남은 의원들과 2차 통합을 마무리한다는 구상이었다.

"국민 여러분, 저는 오늘 이번 대통령 선거에 출마하지 않고, 평화개혁세력의 대통합에 작은 밀알이 되기로 결심했다고 보고의 말씀을 드리러 이 자리에 섰습니다. 이 시간 이후, 대통령 후보가 되기 위한 모든 노력을 중단하겠습니다. 그리고 대신 평화개혁 세력을 대통합을 위해 전심전력 노력을 다하겠습니다."

"지금 국민의 마음은 한마디로 책임을 지라는 것입니다. 열린우리당과 참여정부가 중산층의 삶을 개선할 것이라는 기대를 저버렸으니 합당한 책임을 지라는 것입니다. 그렇게 느끼고 있습니다. 한나라당에 희망이 있어서가 아니라, 우리가 기대를 충족시키지 못했기 때문에 벌어진 일입니다. 저는 열린우리당의 당의장을 지냈습니다. 참여정부에서 장관을 지내기도 했습니다. 열린우리당과 참여정부에 대한 실망과 불신에 대해 누군가 책임을 져야 한다면, 제가 그 책임을 지겠습니다. 김근태가 책임을 지고 제 몸을 던지겠습니다. 김근태가 십자가를 지고 무덤 속으로 걸어가겠습니다."

비장한 선언이었다. 김근태는 한명숙, 정동영, 천정배, 김혁규, 이해찬, 손학규, 문국현 등 범여권 대선 예비주자들의 이름을 하나하나 부른 뒤 "조건 없이 참여해 달라"고 호소했다. 7월 4일에는 김근태 초청 형식으로 6인 연석회의가 국회 귀빈식당에서 열렸다. 손학규, 정동영, 이해찬, 한명숙, 김혁규, 천정배가 참석해, "민주평화개혁 세력의 대선 승리를 위해 하나의 정당에서 국민경선으로 단일 후보를 선출하는 데

동의한다. 민주, 평화, 개혁의 가치를 공유하는 모든 정치 세력이 함께 하는 대통합 신당 창당에 참여한다"고 합의했다.

하나의 정당, 국민경선에 의한 단일 후보 선출이라는 합의를 이끌어 내고, 대통합민주신당을 태동시키다

　우여곡절 끝에 8월 5일 대통합민주신당이 창당됐다. 오충일 목사가 대표를 맡았다. 정동영 전 열린우리당 의장이 8월 6일 신당에 입당했고, 8월 18일에는 열린우리당이 임시전국대의원대회를 열어 대통합민주신당과 합당을 결의했다. 대통합민주신당은 마침내 10월 15일 대선 후보로 정동영 후보를 선출했다. 이합집산과 대혼란의 시기였다. 이즈음 김근태에 대한 언론의 평가는 이러했다.

　"대통합민주신당에서 '빛나는 조연'은 김근태 의원이었다. 열린우리당 시절 당의장을 지냈고 정동영 후보와 함께 당내 양대 계파 수장이었던 그는 대통합이 경색 국면에 처하자 대선 불출마를 선언하며 통합의 가교 역할을 자임했다. 이후 범여권 무대 진입을 주저하던 손학규 전 경기지사를 비롯, 천정배, 한명숙, 김혁규, 이해찬 등 주요 대선주자들을 만나며 국민경선의 밑그림을 그리는 숨은 공로자가 됐고, 경선 후에는 공동선대위원장으로 뛰고 있다. 김 의원은 열린우리당을 통째로 흡수한 신당 내에서 여전히 다수 의원들의 신뢰를 받고 있다."

2009년 3월,
용산참사 촛불문화제에 참석한
김근태, 인재근 부부.

2009년 6월 8일,
쌍용차 정리해고자들
농성 현장 방문한
김근태.

2009년 6월 20일,
미국산 소고기 수입 반대
촛불집회에 참석한
김근태, 인재근 부부.

2009년 2월 4일,
청와대 앞에서
이명박 대통령에게 전하는,
용산참사 사건에 관한
항의서한을 낭독하는
김근태와 민주연대 의원들.

"2007년 대통령 선거에서의 참패는 예견된 패배였다"

　그러나 범여권은 12월 19일 대통령 선거에서 참패했다. 한나라당 이명박 후보가 1149만 표(48.7퍼센트)를 받은 데 비해 대통합민주신당 정동영 후보는 617만 표(26.1퍼센트)에 그쳤다.

　김근태는 선거가 끝나기도 전에 이미 패배를 예상했다. 왜 그렇게 됐느냐고 묻는 사람들에게 김근태는 이렇게 대답했다.

　"중산층·서민의 삶이 개선되지 않은 탓에 담론의 투쟁에서 패배했다. 지지층이 대부분 떠나고 우리는 완전히 '거지'가 돼 버렸다. 정권 교체는 우리만의 무기인 줄 알았는데 어느새 상대의 무기가 됐다. 국민의 눈에 우리도 기득권층으로 보이기 시작한 것 같다. 나를 비롯한 민주화운동 출신들은 과도한 도덕적 자신감 때문에 오만하게 비쳤고 결국 고립당했다."

　"국가 경제와 국민 경제를 구분하지 못했다. 상대적 박탈감을 느끼는 중산층·서민에게 노무현 대통령과 참여정부는 '국가 경제가 좋아졌는데 왜 인정하지 않느냐'고 윽박질렀다. 이명박 후보 식의 강자 독식, 시장 지상주의는 대분열을 일으킬 것이라고 호소해도 관심을 크게 기울이지 않는다. 중장기적으로 한반도 평화가 가장 중요한 과제라고 해도 역시 들어주지 않는다."

예상을 깨고 2008년 총선에서 낙선한 이변을, 겸허히 받아들이다

대통령 선거 패배 후, 대통합민주신당과 민주당은 통합했다. 2008년 4·9 총선을 치러야 했기 때문이다. 김근태는 통합민주당 후보로 지역구 4선에 도전했다. 상대는 뉴라이트 계열인 자유주의연대 신지호 대표였다. 김근태의 승리가 예상됐다. 그러나 결과는 김근태 3만 1,335표(46.16퍼센트), 신지호 3만 2,613표(48.04퍼센트), 김승교 2,347표(3.45퍼센트)로 나타났다. 패배였다. 시대가 바뀌고 있었다. 뒤늦게 '지못미'(지켜주지 못해서 미안해) 바람이 불었다. 인터넷에는 도봉갑 유권자들을 비난하는 글이 넘쳐났다. 김근태는 왜 패배했을까? 정작 김근태 자신은 패배의 원인을 담담하게 정리했다.

"직접적으로는 뉴타운 돌풍 때문이었지만, 근본적으로는 다른 두 가지 이유가 있었다. 첫째, 민주화운동을 한 사람들에 대해 더 이상 보상을 하지 않겠다는 국민의 의지가 담겨 있었다. 둘째, 민주화 세력이 아파트 분양 원가나 국민연금 등 민생 문제에서 기대를 충족시켜 주지 못한 데 대해 국민이 책임을 물은 것이다. 아무튼 낙선은 국민의 명령이었다. 그래서 자숙하고 자성했다."

이명박 정권의 만용을 '민간독재'라고 규정하다

그러나 이명박 정권은 김근태가 그냥 자숙만 하고 있도록 놓아두지 않았다. 2008년 촛불시위로 위기를 맞은 이명박 정권은 촛불의 배후로

엉뚱하게 이른바 '좌파'와 과거 정권을 지목했다. 이명박 정권은 표현의 자유를 억압하고 민간인에 대한 사찰을 서슴지 않았다. 곳곳에서 비명 소리가 나왔다. 군사독재 시절의 공안정국과 다르지 않았다. 김근태는 이명박 정권의 이런 행태를 '민간독재'로 규정했다. 2009년 1월 14일 민주당 원내외 개혁파 인사들의 모임인 '민주연대' 여의도 사무실 현판식에서 김근태는 이렇게 말했다.

"이명박 정부는 민주주의와 언론의 자유, 서민과 중산층의 경제, 남북 관계를 파탄 내면서 제2의 입법 전쟁을 독려하고 있다. 우리는 국민과 함께 민주노동당, 시민단체가 연합함으로써 민간독재에 단호히 맞서야 한다."

노 전 대통령을 향한, 이명박 정권의 정치 보복에 쓴소리, 그러나…

이명박 정권은 노무현 전 대통령도 그냥 두지 않았다. 검찰은 노무현 전 대통령 측근과 친인척 비리를 빌미로 노무현 전 대통령에 대한 사법 처리를 시도했다. 검찰의 노무현 전 대통령 소환 조사를 이틀 앞둔 2009년 4월 28일 김근태는 개인 성명을 발표했다. 아무도 나서지 않을 때 용감하게 나서는 것은 김근태의 특기였다.

"검찰의 수사는 노 전 대통령의 허물에도 불구하고 치졸한 정치 보복이라는 비판을 면할 수 없다. '살아 있는 권력을 위한, 살아 있는 권력에 의한, 살아 있는 권력의 선거용 기획수사'라는 비판을 받아도 할 말이 없을 것이다."

노무현 전 대통령, 고향의 부엉이바위에서 삶을 던지다

그러나 검찰은 올가미를 늦추지 않았다. 노무현 전 대통령은 2009년 5월 23일 부엉이바위에서 몸을 던졌다. 전국에서 추도의 물결이 이어졌다. 김근태는 엄청난 슬픔의 본질이 무엇인지 골똘히 생각했다. 6월 2일 이명박 대

노무현 전 대통령 영정 앞에서 침통한 표정을 짓고 있는 김근태.

통령에게 공개 서한을 보냈다. "이명박 대통령 님! 고 노무현 대통령 님의 영전에 500만 명이 조문했다고 합니다. 수많은 사람이 고인의 영정에 절하며 속울음을 울었습니다. 왜 그랬을까요? 500만 명이 모두 고인의 열렬한 지지자라서 그랬을까요? 저는 국민이 노무현 대통령의 모습에서 비참한 자신의 모습을 발견했기 때문이라고 확신합니다. 울지 않고는 견딜 수 없었던 것입니다."

"끊임없이 구조 조정과 해고의 위협에 시달리는 상황, 일자리는 없고, 그나마 있는 일자리조차 몽땅 비정규직인 상황, 국민의 80퍼센트가 생존 자체를 위협 받고 '실패자'로 매도되는 상황, 이런 상황에 내몰린 국민의 처지와 노무현 대통령이 처한 상황이 다르지 않았습니다. 그래서 서러웠고, 고인의 영전에 무릎 꿇고 눈물을 흘린 겁니다."

"너무나 외로웠던 노무현 대통령의 마음, 너무나 서러운 국민의 마음을 이명박 대통령께서 받아 주셔야 합니다. 국민을 또다시 부엉이바

위로 내몰아서는 안 됩니다."

　김근태의 이런 간곡한 호소를 이명박 정권은 철저히 외면했다. 어쩔
수 없는 일이었다.

파킨슨병이 진행되고 있음을 알게 되다

　총선 패배 뒤, 김근태는 일주일에 사나흘 동네에서 축구를 하거나 집
근처 초안산에 올랐다. 오랫동안의 투쟁과 정치에 지친 몸을 추스른 것
이다. 고문 후유증으로 추정되는 파킨슨병의 진행을 늦출 필요도 있었
다. 2006년 어느 날 파킨슨병 국내 권위자인 서울대 전범석 박사가 텔
레비전에 비친 김근태의 모습을 보고 그가 파킨슨병에 걸렸음을 알았
다. 김근태는 2011년 11월 뇌정맥혈전으로 입원하기 전까지 자신이 파
킨슨병 환자라는 사실을 숨겼다.

병은 숨기고, 2009년에 공부 모임인 '동인모임'을 시작하다

　건강만 챙길 수는 없었다. 김근태는 2008년 미국발 금융위기로 신자
유주의가 흔들리는 것을 보고 뭔가를 해야 한다고 생각했다.

　2009년 8월 몇몇 정치인과 학자, 언론인들을 모아 '동인모임'이라는
공부 모임을 만들었다. 김대중, 노무현 정부의 정책적 실패를 진단하
고, 새로운 정책적 대안을 모색해 보자는 것이었다. 한마디로 신자유주

의의 대안을 찾아보자는 것이었다.

'동인모임'은 김근태가 뇌정맥혈전증으로 서울대 병원에 입원하기 전인 2011년 10월까지 달마다 이어졌고, 김근태는 한 번도 빠지지 않고 참석하여 토론에 적극적으로 참여하는 열의를 보였다. 참석자는 김근태, 인재근, 천정배, 우원식, 이정희, 문성현, 유은혜, 최상명, 이해영, 최태욱, 정세은, 김용일, 홍종학, 이상이, 성한용, 이대근, 남문희, 서창훈, 김승원, 나희승, 김상민(서기) 등이었다.

김근태는 공부 모임에서 이런 말을 자주 했다.

"이명박 정권 하는 것을 보니 2012년에 민주진보 세력이 또다시 집권할 수 있겠다는 생각이 든다. 그런데 정권을 잡으려면 실력이 있어야 한다. 정권을 다시 잡았는데 이번에도 제대로 못하면 국민은 우리를 그야말로 완전히 외면할 것이다. 생각만 해도 끔찍하다. 김대중-노무현 정부에서 우리가 무엇을 잘못했는지 철저하게 반성해야 한다. 신자유주의로 초래된 양극화를 어떻게 해소할 수 있는지, 청년 일자리를 어떻게 만들어 낼 수 있는지, 전 세계로 확산되고 있는 금융 위기의 와중에 우리는 무엇을 해야 하는지 공부해야 한다."

당내 진보개혁모임 공동대표를 맡고, 밖으로는 야권통합을 추진하다

2010년 6·2 지방선거에서 야당의 승리는 김근태에게도 희망과 의욕을 불러 일으켰다. 정권 교체가 시대정신이고 이를 실현할 수 있는 방

도는 '민주진보 세력의 대통합'이라고 생각했다. 김근태는 시민단체 및 진보정당 대표들을 20여 차례 만나 의견을 나눴다.

2011년 3월 8일에는 민주당 당내 진보 인사들이 결성한 진보개혁모임이 만들어졌다. 이 모임의 공동대표를 맡았다.

김근태는 야권통합을 어떻게든 성사시키고 싶었다. 친분을 내세워 야권통합에 직간접의 영향력을 가진 사람들을 불러 모았다. 모두 다섯 차례 회합이 이뤄졌다. 참석자들은 문성근, 이학영, 김영훈, 이정희, 장원섭, 하승창, 권미혁, 이해영, 이남주, 김기식, 최상명 등이었다. 참석자들은 이 모임을 '달개비 모임'이라고 불렀다.

대략 이런 의견이 모아졌다.

"6.2 지방선거에서의 제한적 연대 연합의 승리는 대통합을 통한 정권 교체의 가능성을 높인 것이 사실이지만, 2012년 총선과 대선은 지자체 선거와는 다른, 험난하고 어려운 통합 과제를 던져 주었다. 통합이 쉽지 않은 측면이 있음을 인지한다. 통합을 하지 않는다면 감동적인 후보 단일화가 이뤄져야 수도권과 부산 경남 등 영남 지역에서 승리할 수 있다."

달개비 모임에서의 합의는 4·11 총선을 앞두고 성사된 야권연대로 이어졌다.

생애 마지막 해 2011년에도 내내 나라와 정치의 비전을 생각하다

2011년, 생애 마지막 해를 김근태는 무슨 생각을 하면서 지냈을까? 그의 생각은 2011년 블로그에 쓴 몇 편의 글을 통해 살펴볼 수 있다.

김근태는 또 자신을 가장 가까이에서 보좌한 최상명 한반도재단 사무총장과 수많은 토론을 통해 생각을 가다듬었다. 최상명 총장이 김근태와 토론한 내용을 정리해 놓은 것은 참 다행스런 일이다.

김근태는 2011년을 "제2차 민주대연합, '국민대오'를 준비할 때"라고 규정했다. 그는 논의의 출발은 성찰이 되어야 한다고 봤다. 우선 야권통합 논의에 국민적 감동이 결여되어 있다고 지적했다. 국민은 통합 논의를 국민통합이 아닌, 정치통합으로, 정치권 내의 일로 치부하고 있다는 것이다. '이명박과 한나라당은 싫다. 그런데 민주당은 아니다'가 현재 국민의 정서라고 그는 요약했다.

김근태는 "민주정부 10년의 시절 동안 우리가 무엇을 이루었고, 무엇을 잘못했으며, 또 왜 정권을 빼앗겼는지에 대한 근본적인 물음에서 출발해야 한다"고 생각했다. "회고와 성찰을 전제로 우리가 어떻게 달라졌고, 무엇을 준비했는지를 국민에게 설명하는 경로를 선택해야 한다"는 것이었다. 노무현 전 대통령의 서거로 일어난 국민 정서에 편승해 성찰의 과정 없이 곧바로 대안자로 나서는 것은 잘못됐다는 인식이다. 현재의 야권은 성찰도, 용서도, 대안의 준비도 미덥지 못하다는 것이 국민의 마음인 것 같다고 김근태는 짚었다.

사단법인 '사랑의 친구들' 이 연 '사랑 나누기 바자 한마당' 에서 밝게 웃고 있는 김근태.

신자유주의 정책 기조가 문제라고 진단, '큰 스웨덴'을 모델로 하는
'민주적 시장경제'를 대안으로 제시

　김근태는 국민의 정부와 참여정부의 정책 기조는 신자유주의였고,
그 결과 양극화 심화, 근로빈곤층의 증대, 부동산 폭등에 의한 전세 대
란이 왔다고 진단했다. 신자유주의는 본질적으로 반서민적 경제 시스
템이라는 사실을 모른 채, 외환 위기에 이은 국제통화기금(IMF)의 권
고에 따라 개혁의 이름으로 신자유주의 정책 노선을 받아들인 측면이
있다는 것이다.
　결국 세계 각국의 시민사회가 반세계화, 반신자유주의를 외칠 때 우
리는 개혁의 이름으로 신자유주의 정책을 경제 시스템으로 고착시켰
고, 그 결과에 대한 국민 심판으로 정권을 빼앗겼다는 것이 김근태의
생각이었다. 이런 인식 속에 그는 신자유주의와 한-미 자유무역협정
(FTA)이 잘못된 길이었음을 인정하고 고백해야 한다고 여러 차례 주
장했다.

　대안은 무엇일까? 김근태가 생각한 신자유주의의 대안은 '민주적 시
장경제'였다. 그의 경제 시스템 구상은 이렇다.
　"열린우리당 의장 시절 뉴딜 구상을 제시한 적이 있는데, 사회적 대
타협을 통한 새로운 발전 모델, '빅 스웨덴' 모델 구상이었다. 신자유
주의적 구조조정을 받아들이되 유연 안정성이 보장되도록 적극적 노동
시장정책을 써야 한다. 사회보험과 사회서비스를 통한 사회안전망의

확충이 이루어져야 중산층이 두터워질 수 있다. 그러기 위해 증세는 필수적이다. 이명박 정부 감세의 역순으로 풀어갈 수 있겠다. 종부세 → 재산세 → 법인세 → 소득세 순으로 말이다."

"경제의 인간화를 구현할 필요가 있다. 인간화라는 말에는 민주주의와 서민정신을 전제로, 특권과 몰상식을 배격하는 의미가 있다. 우리가 제시할 국가경영 대안의 정책 핵심은 신자유주의에 의해 생산된 모순의 결과물, 비정규직, 시장만능주의, 복지사각과 사회안전망 부재, 경쟁주의 교육 등에 대한 답을 하는 것이다. 이것을 한 마디로 인간화라고 하면 어떨까? 패자부활이 가능한 사회, 그것이 민주적 시장경제가 지향하는 경제시스템일 수 있다."

김근태 평생의 화두, '민주대연합'을 이루기 위한 '국민대오' 구상

민주적 시장경제와 함께 민주대연합도 김근태의 평생 화두였다고 할 수 있다. 김근태는 2012년을 앞두고 2차 민주대연합, '국민대오'의 출범을 준비했다.

2차 민주대연합은 1987년 이후 민주화 세력과 정통 야당의 연합으로 1997년 정권 교체가 성공한 이후 민주화 세력이 주도권을 행사해 더 나은 서민진보정권을 만들어야 한다는 인식이다. 야권 정당과 시민사회, 그리고 기층민중조직 등이 총 단결해 또 한 번의 민주대연합을 통한 정권 교체를 이뤄야 한다는 것이다. 김근태는 현재의 정치권에 대

한 국민의 불신을 해소하고, 전세 대란과 등록금 폭등과 같은 민생 파탄의 난국을 돌파하기 위해서는 국민이 신뢰하고 국민을 대변하는 주체들과의 연대가 필수적이라고 봤다. 김근태는 그런 연대가 '국민대오'와 같은 것으로 외화될 수 있을 것으로 생각했다.

정치대오가 아닌 국민운동대오를 통해 정권 교체를 실현할 주체로, 김근태는 '민주주의적 역사성과 정치 리더십으로서의 도덕성을 갖춘 민주·개혁 세력의 총화'를 생각했다. 구체적으로는, 4대 종교단체 대표, 시민사회, 기층 조직, 전문가 집단, 재야 명망가, 직접민주주의 참여 그룹, 정치꾼으로 지목되지 않은 정치인 일부 등을 국민운동대오의 구성원으로 상정했다.

김근태는 국민운동대오를 "반민주적이고, 반민생적인 한나라당 정권에 대한 국민 심판적 행동 차원으로 진행해야 한다"고 생각했다. 그리고 동력을 추동하는 계기와 주체들을 어떻게 내올 것인가에 대한 고민을 시작하고 있었다. 김근태는 하루빨리 원탁 테이블을 구성하는 것부터 출발해야 한다고 생각했다.

2011년 김근태는 이렇게 총선 승리와 정권 교체를 위한 구상에 분주했다. 서서히 자신감을 갖춰 가고 있었다. 민주 세력과 진보 세력이 힘을 합치면 정권 교체가 가능할 것으로 내다봤다. 개인적으로도 2012년 4·11 총선에서 반드시 재기하겠다고 다짐했다. 이즈음 그를 만난 사람들은 그의 건강이 부쩍 좋아졌다고 느꼈다. 해맑게 웃는 모습도 자주 볼 수 있었다.

김근태는 축구 경기에 직접 뛰는 것을 아주 좋아했다.
동네 조기축구회에서 포지션은 주로 센터포드였다.
골을 넣으면 어린아이처럼 좋아했다.

김근태는 종종 머리 위에 손으로 하트 모양을 그려 보였다.
'당신을 사랑합니다' 라는 뜻이었다.
얼굴의 환한 웃음과 하트 모양이 잘 어울린다.

그러나 아니었다. 김근태의 몸은 안에서부터 무너지고 있었다. 1985년 9월 죽음의 고문을 받은 뒤로 '9월'은 언제나 그에게 특별한 달이었다. 2011년 9월을 넘기면서 몸에 이상이 왔다. 본인이나 가족들은 해마다 찾아오는 고문 후유증이거나, 아니면 파킨슨병의 진전일 수 있다고 생각했다. 뇌정맥혈전증을 뒤늦게 발견한 것이 문제였다.

김근태는 2011년 11월 29일 서울대병원에 입원했다. 시간이 걸리겠지만, 회복할 수 있다는 진단을 받았다. 12월 10일은 그가 그렇게 사랑하던 딸아이 결혼식이었다. 김근태는 이 자리에 참석하지 못했다. 그날 병민의 신부 화장은 눈물로 얼룩졌다. 그래도 병민은 아버지가 다시 일어설 수 있다고 믿었기에 웃을 수 있었다. 가족들은 물론이거니와, 주변 모든 사람이 김근태가 병상에서 일어나리란 것을 의심하지 않았다. 하지만 김근태는 다시 일어나지 못했다.

이 세상에서 극심하게 고통 받는 그의 영혼을 하나님이 긍휼히 여긴 것일까? 하나님이 그를 너무나 사랑했던 것일까? '민주주의자 김근태'는 2011년 12월 30일 새벽 허망하게 우리 곁을 떠났다.

김근태 연보

1947 2월 14일 부천 소사에서 김진용, 이한정의 다섯째로 태어나다.

1953 평택 청북초등학교에 입학하다.

1953 평택 진위초등학교로 전학하다.

1955 양평 원덕초등학교로 전학하다.

1957 양평 양수초등학교로 전학하다.

1959 양평 양수초등학교를 졸업하고 서울 광신중학교에 입학하다.

1961 광신중학교 3학년일 때, 아버지 강제퇴직 당하다.

1962 광신중학교를 졸업하고 경기고등학교에 입학하다.

1965 경기고등학교를 졸업하고 서울대학교 상대 경제학과에 입학하다.

1966 아버지 심장판막증으로 돌아가시다.

      이로부터 7년 뒤인 1973년에야 아버지 제사를 처음으로 지낼 수 있었다.

1967 3월, 서울대 상대 대의원회 회장으로 선출되다.

1967 9월, 대통령 부정선거 규탄 시위로 연행되다.

      학교에서 제적당하고 강제로 군대에 끌려갔다.

1970 8월, 육군 병장으로 제대하고, 학교에 복학하다.

1971 교련 반대 데모, 대통령선거 파동으로 수배 생활 시작되다.

      조영래, 장기표, 심재권, 이신범 등과 함께 대통령선거 참관인 운동을 추진했다. 박정희 정
      권은 학생운동을 탄압하기 위해 이른바 '서울대생 내란음모 사건'을 조작했다. 조영래, 장
      기표, 심재권, 이신범은 투옥되고 김근태는 지명수배를 받아 피신했다. 이때부터 '공소외
      김근태'라는 별명이 붙었다.

1972 수배 중에 대학을 졸업하다.

1973 일신산업 수출부에 근무하다.

1975 긴급조치 9호로 연속 수배당하다.

      김상진 서울 농대생의 유신체제에 대한 항의 자결(1975. 4. 11)을 계기로 긴급조치가 발동
      (5.13)된 상황에서 김상진 열사 추도식과 긴급조치 9호의 철폐를 외치는 대규모 시위가 서울
      대에서 열렸다. 이른바 '5·22 사건'으로 불린 이 시위와 명동성당 장례미사의 배후로 연루
      되어 1979년 10월 26일 박정희 저격 사건 때까지 피신했다.

1976   수배 기간 중 공장에 취업하여 일하기도 하고, 기술학원에서 강사로 일하기도 하다.
       이때 열관리기사 등 여러 개의 자격증을 땄다. 미도냉동학원에서 이재웅이라는 이름으로 냉
       동기술을 가르치기도 했다. 김근태의 이름으로 남아 있는 것은 열관리기사, 건설기계산업기
       사, 위험물관리산업기사, 고압가스기능사 1급·고압가스취급기능사 1급·고압가스화학기능사
       1급 등 가스산업기사 관련 3종, 소방설비산업기사 1류 등 7종이다. 수배 시절이었기 때문에
       다른 사람 이름으로 딴 자격증도 몇 개 더 있다.

1978   인재근과 결혼하다.
       수배 중에 가까운 가족만 모신 채 평생의 동지가 된 인재근 씨와 인천 부평의 설렁탕집에서
       간소하게 식을 올렸다. 뒷날 어머니의 유언에 따라 1980년 4월 26일 흥사단 강당에서 정식
       으로 결혼식을 했다.

1979   인천도시산업선교회에서 노동 상담역으로 일하다.

1979   박정희 사망, 긴급조치 9호 해제로 자유의 몸이 되다.

1979   첫째 병준 태어나다.

1980   막내아들 김근태의 긴 수배와 피신 생활이 끝나자, 어머니가 돌아가시다.

1982   둘째 병민 태어나다.

1983   9월 30일, 민주화운동청년연합(민청련)을 결성하고 초대 의장으로 선출되다.
       모든 공개적, 합법적인 민주화운동이 봉쇄된 상황에서 공개 조직을 결성했다. 민청련은 전두
       환 정권의 공포정치를 뚫고 대중운동의 돌파구를 열었다. 초대 및 2대 의장을 맡았다. 소수
       활동가 중심이 아니라 광범한 대중에 의거해 활동한다는 '대중노선의 원칙'과 강한 조직적
       규율에 따라 투쟁한다는 '조직운동노선'을 2대 원칙으로 표방했으며, 참된 민주정치 확립, 민
       주 자립경제 이룩, 부정부패 특권 경제 청산, 냉전체제의 해소와 핵전쟁 방지를 목표로 천명
       했다. 민주화운동의 이론적 지침을 제공한 기관지 「민주화의 길」과 「민중신문」을 발간했다.

1985   5월, 6월, 연행되어 구류당하다.

1985   8월 24일, 서울대 민추위 사건의 배후로 조작되어 연행되어 구류당하다.
       85년 2·12 총선을 전후로 미행과 도청이 감행되고 있었다. 구류의 반복은 구속이 예고되고
       계획된 것이었음을 말해 준다.

1985   9월 4일, 구류에서 풀려나 서울 서부경찰서를 나오던 중 남영동 치안본부 대공분실로 연행
       되다.
       이날로부터 23일 동안 10여 차례에 걸쳐 물고문과 전기고문, 집단폭행 등을 당했다.

1985	9월 26일 검찰로 송치되다. 오후 2시 30분, 검찰청 엘리베이터 앞에서 기다리고 있던 부인 인재근이 가까스로 남편과의 대면에 성공하다.

1985 9월 26일 검찰로 송치되다. 오후 2시 30분, 검찰청 엘리베이터 앞에서 기다리고 있던 부인 인재근이 가까스로 남편과의 대면에 성공하다.

1985 9월 27일, 남영동 치안본부 대공분실의 살인적인 고문 수사가 폭로되다.

1985 10월 19일, 민주 인사 60여 명이 "민주화운동에 대한 고문 수사 및 용공 조작 공동대책위원회 '를 구성하고 성명을 발표하다.

1985 11월 11일, 고문 및 용공 조작 공동대책위원회가 항의 농성에 돌입하다.
김대중 김영삼 공동의장 등이 참석했다.

1985 12월 9일, 변호인 접견 봉쇄가 풀리다.

1985 12월 19일, 첫 공판에서 치안본부 남영동 대공분실에서의 고문 사실을 폭로하다.
이 공판에서 우리나라 법정 사상 최초로 모두진술 제도를 활용했다. 대공분실에서의 참혹한 고문 행위를 낱낱이 밝혔고, 죽음의 그림자를 코앞에 느끼며 '무릎 꿇고 살기보다 서서 죽기를 원한다'는 노래를 속으로 불렀다고 말했을 때 법정은 울음바다가 되었다.

1985 12월 20일, 감옥에 갇힌 지 석 달 반 만에 가족 첫 면회를 하다.

1985 12월 29일, 부인 인재근과 대한변협(회장 김은호) 등이 정석모 내무, 박배근 치안본부장, 윤재호 대공분실장 외 7명의 수사관과 김원치 등 공안부 검사 4명을 불법 감금과 가혹 행위, 직무 유기 등의 혐의로 고소하다.

1986 3월 16일, 1심에서 '전부 유죄, 징역 7년, 자격정지 6년' 판결 받다.

1986 7월, 항소심에서 국가보안법 및 집회 및 시위에 관한 법률 위반으로 5년형을 선고받다.
상고는 기각됐다.

1987 2월, 강릉교도소에서 경주교도소로 이감되다

1987 수감 중에 로버트 케네디 인권상을 부인 인재근과 공동으로 수상하다. 이듬해인 1988년에는 독일 함부르크 자유재단이 김근태를 '세계의 양심수'로 선정하다.

1987 옥중에서 서신을 통해 민주대연합, 김대중 후보에 대한 비판적 지지를 주장하다.

1988 6월 30일, 2년 9개월 만에 김천교도소에서 출소하다.

1988 5월, 「남영동」을 출간하다.

1988 10월 22일, 서울대 민추위 위원장 문용식이 사건이 고문에 의한 조작이었음을 알리는 기자 회견을 하다

1988 12월 15일, 서울고법이 재정신청을 받아들여, 24일 이근안 전 경감을 수배하다.
재정신청은 87년 2월에 냈다.

1989　1월 6일, 김근태 사건 재정 신청 관련 공소유지 담당 특별검사에 김창국 변호사 선임되다.

1989　1월 21일, 전국민족민주운동연합(전민련) 창설에 참여하여 정책실장을 맡다.

1990　3월, 전민련 제 2기 대의원대회에서 신설된 집행위원장에 선출되다.

　　　수감 중이던 91년 3기 대의원대회에서 집행위원장에 유임됐다.

1990　5월 13일, 5·9 민자당 반대 시위와 관련하여 집시법 위반으로 구속되다.

　　　5월 9일에는 6월 항쟁 이후 최대 시위로 기록된 '민자당 해체 및 노태우 정권 퇴진 국민궐
　　　기대회'가 있었다. 12일, 검찰은 사전구속영장을 발부 받았고, 김근태는 미리 예정되어 있던
　　　제주민족민주운동협의회 주체의 시국강연회에 참석해 제주 YMCA 회관에서 '물가불안 민
　　　생파탄의 주범 민자당을 심판한다'는 내용의 강연을 했다. 다음 날, 제주의 친척집에서 검거
　　　됐다.

1990　5월 14일, 야권과 재야 단체 등에서 구속 규탄 성명 발표하다.

1990　5월 15일, 워싱턴 포스트지가 김근태의 구속은 한국의 인권 상황이 악화되고 있음을 시사하
　　　는 것이라고 보도하다.

1990　6월 9일, 전민련 결성 선언문 및 범민족회담 개최 제의 관련, 국가보안법이 추가 적용되어
　　　구속 기소되다.

1990　6월 14일, 에드워드 케네디 등 미국의 상하원 의원 19명이 한국 정부에 김근태 등 정치범
　　　석방을 촉구하는 항의 서한을 보내오다.

1990　7월 20일, 1심 공판에서 7년을 구형받다.

　　　모두진술을 통해 "70년대 이후 민주화운동에 대한 권력의 탄압 수단으로 지겹도록 사용돼
　　　온 국가보안법, 집시법이 공소장에 그대로 나열돼 있는 것은 차라리 하나의 희극이며, 고문
　　　경관 이근안은 1년 6개월이나 행방이 묘연하고 다른 고문 경관 4명은 불구속 상태에서 재판
　　　을 받는데도 고문 피해자가 구속 상태로 재판을 받는다는 것은 비극"이라고 밝혔다. "권력
　　　유지를 획책하고 있는 지배 세력의 음모를 폭로하고 규탄했다는 이유로 나를 이 자리에 다
　　　시 끌어 세운 것은 명백한 정치적 보복"이며, "기만적인 공소장 내용을 두고 더 이상 다툴
　　　의사가 없어 헌법상의 재판받을 권리를 포기하겠다"고 밝힌 후 피고인석을 떠났다. 서울지
　　　검 공안부 문성우 검사는 김근태와 변호인단, 방청객들이 모두 퇴정한 뒤 징역 7년 자격 정
　　　지 7년을 구형했다.

1990　8월 13일, 조건 없는 남북 교류, 범민족대회 성사 등을 요구하며 옥중 단식농성하다.

1990　8월 24일, 재판 거부로 선고 공판 연기되다.

1990 9월 29일, 1심 선고 공판. 징역 3년, 자격 정지 1년을 선고받다.

1990 12월 13일, 항소심에서 7년을 구형받다.

1990 12월 18일, 시국 사범의 대량 구속에 항의하여 항소심 선고 공판에 출석 거부하다.

1991 1월 12일, 집시법 및 국가보안법 위반으로 징역 2년, 자격 정지 1년을 선고받다.

1991 1월 30일, 고문 경관 4명에게 실형 선고되다.
남영동에서 고문이 자행된 지 5년 4개월, 법원이 재정신청을 받아들여 고문관에 대한 재판이 시작된 지 2년 1개월 만에 1심 절차가 마무리됐다. 18차례의 재판은 불구속 상태에서 이뤄졌다.

1991 3월 20일, 로버트 케네디 인권센터가 한국 정부에 김근태의 보석을 촉구하는 서한을 보내오다.

1991 5월 15일, 미국 하원 인권소위원장 거스·야트론 의원을 비롯한 하원의원 45명이 한국 정부에 김근태의 석방을 촉구하는 서한을 보내오다.

1991 12월 20일, 미국 하원 톰 란토스 의원(민주·상하원 인권위 공동의장)을 비롯한 미 하원의원 18명이 같은 일로 한국 정부에 석방 촉구 서한을 보내오다.

1991 12월 22일, 국제사면위원회가 한국 정부에 김근태 등 양심수 석방을 촉구하다.

1992 1월 30일, 남영동 사건과 관련한 손해배상소송에 승소하다.
손해배상 청구원인으로 △불법구금 △고문 △가족 및 변호인의 접견 교통 제한 △고문 증거물의 탈취·인멸 등을 제시했다. 판결은 남영동 사건 후 6년 4개월, 소송을 제기한 지 5년 3개월 만이다. 끈질긴 법정 투쟁과 진상 규명을 위한 노력으로 고문이 죄악임은 물론 그로 인한 손해배상까지 국가가 책임져야 한다는 것을 분명히 밝히는 계기가 되었다. 국가 측의 항소(상고)가 있었으나 93년 7월 7일 항소심, 94년 10월 7일 상고심에서도 승소했다.

1992 2월 13일, 케리 케네디 등 케네디인권재단 산하 가칭 '김근태씨와 정치범 석방을 위한 위원회' 대표단 입국하다.

1992 5월 6일, 토머스 포글리에타, 조제프 케네디 의원 등 25명의 미국 의회 의원이 김근태 등 정치범 석방을 촉구하는 서한을 한국정부에 보내오다.

1992 5월, 「우리 가는 이 길은」 출간하다.

1992 6월, 「열려진 세상으로 통하는 갸냘픈 통로에서」 출간하다.

1992 8월 12일, 2년 3개월여의 옥살이를 마치고 홍성교도소에서 만기 출옥하다.

1992 8월 18일, 기자회견을 갖고 '민주대연합론'을 주장하다.

"지난 87년 대선 때처럼 실패하지 않으려면 이번에는 제도야권과 재야가 올바로 결합된 민주대연합을 결성하고 그 민주대연합 안에서 '승리할 수 있는' 후보를 내세워야 할 것"이라고 밝혔다.

1992 9월 26일, 민주 대개혁과 민주정부 수립을 위한 국민회의 집행위원장이 되다.

대선까지의 한시적인 기구로 결성된 국민회의는 당시 거의 모든 민족민주운동 세력이 망라된 재야 최대의 연합체였다. 투표참여 캠페인과 부정선거 감시 활동 등을 벌였으며, 전국 규모의 집회를 통해 6공화국의 부정과 비리와 실정을 폭로하고 자치단체장 선거 실시를 촉구했다. 93년 1월 29일, 새 정부 출범과 함께 국민들이 좀 더 광범위하게 참여할 수 있는 새로운 단체를 조직하기 위해 공식 해체했다.

1993 5월 10일, 민주항쟁기념 국민위원회 공동집행위원장을 맡다.

5·18과 6·10의 국가 공식 기념일 제정 등 광주민주항쟁과 6월 항쟁의 역사적 자리매김을 위해 활동했다.

1993 7월, 미국 미시건 대학에서 열린 제1차 한국학 국제학술대회에 참석해 한국 민주주의의 전망과 과제를 주제로 강연하다.

'21세기를 향한 한반도의 전환: 평화, 조화 그리고 진보'라는 주제로 7월 7일부터 11일까지 나흘에 걸쳐 열린, 미국 미시건 대학에서의 이 심포지엄에는 20개국에서 6백여 명이 참석했으며, 정치, 경제부터 예술까지 350편의 논문이 발표되었다.

1993 8월 23일, 고문 경감에 대한 항소심에서 전원 실형 선고 후 법정 구속되다.

1993 9월 27일, 조용환 변호사를 대리인으로 유엔 인권위원회에 국가보안법 처벌에 대해 구제 신청을 내다.

1994 4월 14일, '새시대 광장' 출범하다.

민주당 의원 이부영, 임채정, 제정구와 이창복, 장기표가 함께했다.

1994 4월 24일, 통일시대 민주주의 국민회의 추진위원회를 발족하여 공동대표가 되다.

1994 11월 26일, 통일시대민주주의 국민회의를 창립하여 상근 공동대표가 되다. 정치권 개혁과 민주개혁세력 통합추진위원장을 맡다.

1995 2월, 민주당에 입당하여 부총재로 선임되다.

1995 6월, 「희망의 근거」 출간하다.

1995 8월 11일, 사면복권되다

1995 9월 5일, 새정치국민회의 부총재로 선임되다.

1995 12월 28일, 새정치국민회의 도봉갑지구당 창당대회에서 위원장으로 선출되다.

1996 4월 11일, 서울 도봉(갑)에서 제15대 국회의원으로 당선되다.

1996 6월, 국회 통일외교통상위원회에서 일하다.

1997 3월 11일, 최초로 대통령 후보 국민경선제를 주장하다.
      김상현, 정대철과 함께 공동기자회견을 했다.

1997 7월 3일, 국회 정당 대표 연설에서 남북한 국회 회담 재개를 제의하다.

1997 새정치국민회의 대통령 선거 수도권 대책위원회 공동위원장, 파랑새유세단 단장으로 활동
      하다.

1998 새정치국민회의 전자정부 구현 정책기획단 위원장으로 선임되다.

1998 국회 재경제위원회에서 일하다.

1998 8월, 신동아 여론조사에서 '정치부 기자 1백 명이 뽑은 차세대 정치인 1위'로 선정되다.

1998 11월 3일, 유엔인권이사회가 한국 정부에 김근태를 국가보안법 위반으로 구속, 수감한 사건
      구제를 권고하다.

1998 국정감사에서 재경제위원회 베스트 의원으로 선정되다.

1999 1월, 뉴스위크 일본판 '21세기를 움직일 세계의 100'인에 선정되다.

1999 3월 24월, 국민정치연구회를 창립하여 지도위원이 되다.

1999 4월, 세계정부지도자회의에 한국 정치인으로는 유일하게 초청되어 참석하다.
      세계지도자회의(4월 14일~16일)에서 21세기 국가경쟁력 확보를 위한 각국의 전자정부 실현
      을 둘러싼 다양한 노력과 시도에 대해 토의하고, 회의를 주최한 마이크로소프트사의 빌 게
      이츠 회장과 면담을 통해 한국의 정보화산업에 대해 의견을 나눴다. 17일에는 코리아 소사
      이어티에서 동북아 정세와 남북 관계를 주제로 강연했다.

1999 아태 민주지도자회의 이사로 선임되다.

1999 5월, 새정치국민회의 당 쇄신위원회 위원장으로 선임되다.

1999 한양대 행정대학원 겸임교수로 취임하다.

1999 6월 2일~10일, 44년 만의 인도네시아 민주 총선에 카터 전 미국대통령과 함께 '국제선거
      감시단'으로 참가하다.

1999 11월, 제1회 백봉신사상을 수상하다.
      그 뒤로 제2회(2000), 4회(2002), 6회(2004) 백봉신사상을 수상했다.

1999 정치부 기자들이 뽑은 '차세대 지도자' 1위로 선정되다.

2000	국내에서 최초로 시도된 2000 국제금융박람회 준비위원장을 맡다.
2000	3월, 새천년민주당 16대 총선 서울 선거대책위원장으로 활동하다.
2000	4월, 16대 국회의원에 당선되다.
2000	5월, 우석대 겸임교수에 취임하다.
2000	8월 30일 새천년민주당 최고위원으로 당선되다.
2000	9월, 연변대학교 석좌교수에 취임하다.
2000	10월, 새천년민주당 공적 자금 관리 및 금융구조개혁 특위 위원장에 선임되다.
2001	새천년민주당 전자거래활성화를 위한 법령정비정책기획단 위원장, 새천년민주당 소득격차 완화특별위원회 위원장에 선임되다.
2001	4월 3일, 한반도평화와 경제발전전략연구재단(한반도재단)을 창립하여 이사장을 맡다.
2001	10월, 「희망은 힘이 세다」 출간하다.
2001	11월, 새천년민주당 상임고문에 선임되다.
2002	3월 3일, 정치자금 양심고백을 단행하다.

"나의 고백은 한 정치인이 거듭 태어나고자 하는 노력으로 정치 개혁에 대한 새로운 다짐이며, 깨끗한 정치문화 실현과 국민이 신뢰하는 정치를 만들기 위한 고뇌 어린 충정"이라고 밝히며, 2000년 8월 최고위원회 선거 당시 사용한 정치 자금 규모와 내역을 밝혔다.

2002	3월 12일, '아름다운 꼴찌'로 기억해 달라는 말과 함께 민주당 대통령후보 경선에서 사퇴하다.
2002	5월 14일, 양심고백 관련, 정치자금법 위반 혐의로 검찰소환을 통보받다.
2002	6월, 새천년민주당 8.8 재보선 특별대책기구 위원장으로 활동하다.
2002	10월, 새천년민주당 중앙선대위 상임위원에 선임되다.
2002	11월, 국회 정치개혁특별위원회 위원으로 활동하다.
2003	6월 13일 새천년민주당 경제활성화대책특위 위원장에 선임되다.
2003	9월 19일, 국민참여통합신당 원내대표로 선출되다.
2003	10월 16일, 정치개혁 입법을 위한 범국민정치개혁협의회 구성을 제안하다.

국회교섭단체 대표연설에서 "정치 개혁을 이루기 위해 정치인들이 집단적 양심 고백을 통해 부정한 정치 자금 내역을 스스로 밝히고 용서를 구하자"는, 정치 자금에 대한 집단적 양심고백을 호소했다. 이를 위해 "남아프리카공화국의 '진실과 화해 위원회법' 같은 정치자금 특별법 제정"과 함께 학계·언론계·시민사회·법조계 등이 참여하는 범국민 정치개혁 협의회

(범개협) 구성을 제안했다.

2003 10월 27일, 열린우리당 원내대표로 선출되다.

정치개혁입법을 이끌었다. 2004년 총선에서 선거대책위원장으로 전국을 누비며 총선 압승을 이끌었다. 이라크 파병 반대 당론을 이끌기 위해 노력했으나 뜻을 이루지 못했다.

2003 12월, 정치 자금 양심고백 관련 항소심에서 선고유예를 선고받다.

2004 3월, 「두껍아 두껍아 헌집줄게 새집다오」 출간하다.

2004 4월, 제 17대 국회의원으로 당선되다.

2004 6월 14일, 국민과의 약속을 지키기 위해서 공공주택 분양원가 공개에 관한 공약을 이행할 것을 주장하다.

2004 7월 1일, 제43대 보건복지부 장관에 취임하다

2005년 12월 31일까지 재임했다. 재임 중 노인장기요양보험, 건강보험의 보장성 강화, 국민연금의 안정성 확보, 영리병원 도입 저지를 위해 노력했다.

2006 2월 18일, 열린우리당 최고위원에 당선되다.

2006 6월 10일, 열린우리당 의장으로 취임하다.

2007년 2월 14일까지 재임했다. 따뜻한 시장경제를 지향하는 필생의 소신에 따라 사회 대타협과 뉴딜정책을 주창했다.

2006 10월 20일, 북핵 위기가 고조되는 상황에서 개성공단을 방문하다.

북측에 핵무기 폐기를 요구하고, 남북 교류협력의 중요성을 국제사회에 알렸다.

2007 3월 27일, 한미 FTA 협상 중단을 촉구하며 단식농성을 시작하다.

한미 FTA 결과가 또 다른 저성장과 더욱 심각한 양극화를 가져올 수 있음을 국민 앞에 고백하고, 협상을 중단할 것을 촉구하며 단식농성을 시작했다. 이어서 30일에는 대통령에게 공개 서한을 보내 재차 협상 중단을 촉구했다.

2007 6월 12일, 평화개혁세력 대통합의 밀알이 되겠다는 성명과 함께 대선불출마를 선언하다.

2007 8월, 대통합민주신당의 창당발기인이자 중앙위원으로 참여하다.

2008 2월, 통합민주당 상임고문에 선임되다.

2008 9월, 한양대 행정·자치대학원 초빙교수로 한국정치학을 강의하다.

2010년까지 한양대에서 강의했고, 2011년에는 우석대에서 석좌교수로 강의했다.

2008 9월 30일, 민주연대 발기인 대회에서 이명박 정부를 '민간독재'로 규정하다.

이명박 정권 초기인 당시만 해도 민간독재라는 규정은 과도한 것이 아니냐는 반문이 있기도

했지만 김근태는 단호했다. 이해 겨울 미국산 쇠고기 수입 반대 촛불집회를 비롯하여, 2011년 타계하기 전까지 크고 작은 투쟁 현장에 국민과 함께했다.

2009 7월 5일, 시국강연을 통해 '민주주의 수호를 위한 국민불복종 운동과 새로운 제 2차 민주대연합 결성'을 제안하다.

이 자리에서 "지난날 우리가 '대통령은 국민의 손으로'라는 깃발을 들고 군사독재에 맞서 싸워 이겼다면, 이제는 경제적 민주화, 사회적 민주화를 달성하기 위해, 더 높은 민주주의를 실현하기 위해 '민주적 시장경제를 국민의 힘으로' 또는 '진짜 민주주의를 국민의 품으로' 라는 새로운 깃발을 들자"며 각종 조직의 대표와 개인적 지도자들이 함께 참여하는 제2의 민주대연합을 결성할 것을 제안했다.

2009 8월, 신자유주의 극복과 새로운 한국형 경제발전 모델을 모색하기 위해 공부모임 〈동인〉을 만들어 2011년 10월까지 25차례의 세미나에 참석하다.

정치인, 학자, 언론인 등이 함께했다. 동인 모임은 8월 14일, 1차 월례회의('신자유주의: 신화와 현실')를 시작으로 김근태가 병원에 입원하기 전인 2011년 10월까지 매월 지속됐다. 김근태는 25차례의 모임에 한 번도 빠지지 않고 참석하여 토론했다.

2009 8월, 민주통합시민행동 결성에 참여해 민생민주대연합의 결성을 촉구하다.

8월 27일에는 민주통합시민행동 발기인대회가 있었다. 이 자리에 준비위원으로 참석해 "민주주의 후퇴, 서민과 중산층의 경제 위기, 남북 갈등과 대립의 지속 등이 우리를 무겁게 짓누르고 있다. 이 3대 위기를 극복하기 위해 폭넓지만 원칙 있는 민주개혁 세력의 대연합 성취에 한 몫을 담당"할 것이라고 밝히고, '97년 집권이 1차 대연합이라면 이번은 2차 대연합으로, 권위주의적 연합이 아니라 신뢰받고 소통하는 민생민주대연합이 돼야 한다"는 점을 강조했다.

2009 10월, 재·보궐선거 안산 상록을 선거대책위원장을 맡다.

2009 11월 3일, '행동하는 양심 김대중 사상 대강좌'에서 '한반도 위기와 민주세력의 책임'이라는 주제로 강연하다.

이 자리에서 현 시기를 "지난 군사독재 시절보다는 상대적으로 온건하게 탄압하고 억압하기 때문에 분노가 잘 조직되지 않고, 분노가 폭발했다가도 이 정권의 저강도 전략과 친서민 행보에 국민들이 혼란스러워하는 상황"이라고 진단, 이 같은 저강도 전략이 "효과적으로 비판자, 반대 세력에게 집중타격을 가하는 방법이자, 분노와 항의의 폭넓은 연대를 사전에 차단할 수 있는 효과적인 수단"이라고 규정하고, 투쟁성과 개혁성의 강화, 기득권 포기를 강하게 주장했다.

2010 민주진보 세력의 대통합을 위해 야당과 시민단체 지도자들과 지속적으로 만나기 시작하다.

2011 3월, 진보개혁모임의 공동대표를 맡다

2011 11월 29일, 서울대학병원에 입원하다.

2011 12월, 민주통합당 상임고문에 선임되다.

2011 12월 30일, 영면하다.

"인간의 가치는 그가 품고 있는 희망에 의해 결정된다."

김근태